香港理工大學香港專上學院中文組　編著

大專中文傳意

中華書局

□ 責任編輯：楊　歌
□ 裝幀設計：沈崇熙
□ 排　版：沈崇熙
□ 印　務：劉漢舉

大專中文傳意

□
編著

香港理工大學香港專上學院中文組

□
出版

中華書局（香港）有限公司

香港北角英皇道 499 號北角工業大廈一樓 B
電話：(852) 2137 2338　傳真：(852) 2713 8202
電子郵件：info@chunghwabook.com.hk
網址：http://www.chunghwabook.com.hk

□
發行

香港聯合書刊物流有限公司

香港新界大埔汀麗路 36 號
中華商務印刷大廈 3 字樓
電話：(852) 2150 2100　傳真：(852) 2407 3062
電子郵件：info@suplogistics.com.hk

□
印刷

美雅印刷製本有限公司

香港觀塘榮業街 6 號 海濱工業大廈 4 樓 A 室

□
版次

2017 年 4 月第 1 版第 1 次印刷
© 2017 中華書局（香港）有限公司

□
規格

16 開（213 mm×153 mm）

□
ISBN：978-988-8463-07-7

《大專中文傳意》是香港理工大學香港專上學院「大專中文傳意」科目的參考書。這個科目開辦至今五年，旨在加強學生的聽、說、讀、寫能力，教學重點在於「傳意」，以提升學生的書面表達能力。科目內容大致分為現代漢語及實用文兩個單元，從基礎語文知識和實用文寫作入手，循序漸進地提高學生的語文表達水平。現代漢語單元着重教授漢字和漢語詞彙的運用，讓學生掌握現代漢語句式的成分，準確及有效地傳情達意。實用文單元着重教授寫作評論文章，如社評和書評，讓學生能夠緊貼社會發展，培養時事觸覺，學懂慎思明辨，以及提升中文經典的鑒賞能力，一舉數得。此外，科目亦特地教授寫作升學和就業相關的實用文體，幫助學生為畢業後的發展做好準備。

　　根據我們的觀察，修畢「大專中文傳意」後，學生的中文水平顯著提升，他們開始重視錯別字的問題，以往因為誤解而詞不達意的情況大有改善。學習現代漢語，讓學生認識到搭配不當、句式雜糅和關聯詞誤用等語病如何影響傳情達意，亦學會了自我判斷及修改病句，書面表達能力進步不少。簡單來說，這個科目重點改善學生聽、說、讀、寫四方面的能力，從而全面提升他們的中文修養。

　　這本教科書匯集了學院數十位中文老師的心血，他們利用工餘時間，將多年講授「大專中文傳意」的心得和要點結集成冊，功不可沒。本人在此謹代表學院和學生多謝各位老師的無私奉獻！

香港理工大學香港專上學院院長
梁德榮博士

為配合二零一二年「三三四」香港教育改革，各大專院校都相應革新課程，很多學院規定至少將一門中文科目列為必修科，香港理工大學香港專上學院也不例外。透過 CCN1003 大專中文傳意這一必修科目，我們鞏固了同學的中文閱讀、書寫和演説能力。此科目內容針對大專學生在學習、生活、就業及升學上的需求，着重提升學生修正常見語病的能力，當中的課後練習更能加強學生中文的語法基礎，加插的課堂分組活動也有利於提高學生的積極性，培養他們的溝通技巧及多向思維能力。

　　配合上述科目，學院裏一羣熱心教學的老師集結多年教學經驗、與學生在學與教互動上所得的成果，編撰了本冊教科書。本書可貴之處在於老師們的創造精神，他們利用繁與簡、文言與白話的對比例子啟發學生去探索漢語，促進學習效能。我深信這一本書一定會受到學生歡迎，並成為老師對教學經驗持續反思、分析及分享的平台。

香港理工大學香港專上學院語文及傳意學部主任
唐嘉雯博士
二零一七年三月八日
香港

實用文寫作

1

現代漢語基礎知識

第一章
語言和語言學 [1]

一、甚麼是語言

　　説話如同走路和呼吸一樣，是人類生活中最平常的一種活動。人們傳遞信息，表達感情，大多借助於説話。説話這一行為同時涉及到語言和言語這兩個範疇。言語就是每個不同的人説出來或寫出來的具體而又多變的話，而語言則是從言語中概括出來的，隱藏在千變萬化的話後面的、有一整套規則的符號系統。語言是社會成員共有的系統。舉個例子來説，「狗咬獵人」，「我吃完飯了」，「這件衣服好看」，「一個蘋果半斤重」，這些句子看起來意思完全不同，也沒有任何關係，都是説話人為表達不同意思而説出的話，這些表面看來完全不同的話就是「言語」。這些言語雖然表面看來不同，但它們背後所隱藏的規則其實是簡單的、相同的，它們從語言的角度來分析，都是「主語＋謂語」的句子。

　　語言由語音、詞彙和語法三部分組成。語音是語言符號的形式，詞彙蘊含了語言符號的內容，語音出自説話人之口，經由空氣到達聽

1　本章節的主要內容節選或改編自王紅旗《語言學概論》，（北京：北京大學出版社，2008 年），內文不再一一標示，但所有錯漏之處均由本章節作者負責。

話人之耳，和一定的詞彙聯繫在一起。語法就是語言的規則，可分為詞語的形成和變化規則以及句子的形成和變化規則。我們表達思想時，可以說一個句子，也可說一段話，也可以寫一個篇章。這些句子，一段一段的話和篇章都是言語的表現形式。句子是言語的最小單位。

（一）語言和言語

從語言和言語的定義出發，詳述開來，二者的主要區別有以下三點：

1. 語言是社會的，是約定俗成的；言語是個人的，是可以臨時創造的。

在一定的情景中，我們想說甚麼樣的話，表達怎樣的思想或情感，這是自由的，是個人化的，是人們可以臨時創造的。在我想吃冰淇淋時，我可以說「我想吃冰淇淋。」當我想表達愛香港的感情時，我可以說「我愛香港。」這樣的「言語」我們每天都可以說出成千上萬，它們意思具體，內容豐富。

我們用哪些詞語和規則來表達思想和感情則是不自由的，因為語言中的詞語和規則都具有約定俗成性，我們需要使用整個社會認可的詞語和規則來表達具體內容。比如，我們可以說「我想吃冰淇淋」，但不可以說「我想吃朱激淩」或「我冰淇淋想吃」；我們可以說「我愛香港」，但不可以說「我愛港香」或「我香港愛」。這是因為我們整個社會已經約定好用「冰淇淋」而不是「朱激淩」，用「香港」而不是「港香」來指稱它們所代表的事物；整個社會已經約定好我們的句子要採用「主語＋謂語＋賓語」，而不是「主語＋賓語＋謂語」的語序來說出句子。語言中的詞語和規則是整個社會約定好的，具有穩固性。

2. 語言是有限的，言語是無限的。

在同一個時代的同一個社會，語言中的詞語和語法規則的數量是有限的，是可數的，常用詞語的數量更是有限的，現代漢語的常用詞語在 5000 以內，英語的常用詞是 3000 個[2]，但人們可以使用有限的詞語和語法規則創造出無窮無盡的不同句子，因此，人們可以編寫出詞典和語法書，但卻無法為「言語」編出一套可以羅列出所有句子的「句典」。

語言和言語雖然不同，但二者之間具有密切的聯繫。語言存在於言語之中，言語是語言的表現形式。

一方面，語言以言語的形式存在，語言離不開言語。語言中的詞語和語法規則總是存在於人們說出的話、寫出來的句子中，總是存在於「言語」中。如果人們不再使用某些詞語，說某些形式的話，那麼這些詞語和語法規則也就不再存在於語言中了。例如，「……者，……也」是文言判斷句最常見的形式，「陳勝者，陽城人也（《史記·陳涉世家》）」，用現代漢語來說就是「陳勝是陽城人。」近當代文學作品沒有類似的句子，因此，放在主語後用來表示停頓、有舒緩語氣作用的詞語「者」，和放在句子末尾以結句，用來表示對主語加以肯定和判斷的詞語「也」以及用來表示判斷的「……者，……也」這樣的句式在現代社會都一併消失了。

另一方面，言語也離不開語言。沒有大家都認可的用來表示特定意思的詞語和語法規則，人們就沒有辦法進行溝通。甲說「我吃飯」，乙說「飯吃我」；甲用「飯」這個詞語指稱「飯」，乙用「飯」這個詞語指稱「水果」，甲和乙沒有使用同一套詞彙系統和語法規則，他們

2　王紅旗：《語言學概論》，頁 16。

二人永遠不可能達成同步和有效的交流。

（二）語言的性質

1. 語言是一種符號系統

符號是約定俗成的代表事物或意義的標記，由形式和內容兩部分構成。例如，交通燈就是一種符號系統。紅燈的形式是「紅色」，意思是「停止」，綠燈的形式是「綠色」，意思是「通行」。

一種語言本質上是一個符號系統。每個語言符號的形式是聲音，內容是這個聲音所代表的意義，語言符號是聲音和意義的統一體。例如，漢語中的詞語「美」的形式是「[mei3](měi)」，意義是「漂亮」。語言的聲音和意義結合在一起，可用來指稱事物，敘述動作，或描寫事物的性質或動作的狀態等。

語言符號具有任意性的特點。語言符號的任意性指的是語言的聲音和意義之間沒有必然的聯繫，甚麼樣的聲音代表甚麼樣的意義是由社會成員共同約定而成的。例如，表示「人」的意義，漢語用拼音「rén」來表示，而英語用「[pəːrsn](person)」來表示，日語、法語等語言表示「人」的語音又各自不同。在剛剛建立一種語言時，聲音和意義的結合是任意的，但一旦某種結合被整個社會認可，形成共識，全體社會成員便要尊重這種約定，不可隨意為某種聲音變換另一種意義，或為一種意義變換另一種聲音。以漢語為例，在剛剛創立語言時，人們用「lāng」來表示「人」的意義未嘗不可，但因為現在社會已約定拼音「rén」的聲音代表的是「人」的意思，我們便不可再用別的聲音，包括「lāng」來表示「人」的意義。也就是說，語言創立時語言符號的聲音和意義的聯繫具有任意性的特點，創立後這種聯繫便具有約定俗成的特點。二者並不矛盾。

2. 語言是人類獨有的最重要的交際工具

只要有人羣的地方，就有語言。人們用語言來交流思想，表達感情，語言是人類的交際工具。

語言是人類所特有的一種交際方式。動物為了生存和繁衍的需要也會採用一定的方式交流信息。比如，蜜蜂會用不同形式的舞蹈來傳遞蜜源地的距離、方向等信息；蒼蠅發現食物後能分泌出一種叫蒼蠅素的物質來通知其他蒼蠅來吃食物；狼在狩獵時也可發出三種不同的呼嘯聲來表示集合、追擊或找到了食物的不同信息。人類語言與動物傳遞信息的方式不同，人類語言所具有的豐富性和精密性是這些所謂的「動物語言」所不可比擬的。

動物總是在受到環境刺激時才會傳遞某種信息，且傳遞的信息非常有限，多用於覓食、求偶、報警、搏鬥或求助等有限的內容；而人類可自由地傳遞信息，且語言所表達的內容不受時空的限制，可包羅萬象。動物的交際方式是混沌一片的，一種表達方式只可整體表達一個意思；而人類的語言則可用有限的單位進行無限的組合。例如，不同的音素可組成無限多的音節，不同的詞語可組成無限多的句子。人類雖然先天具備語言能力，但後天要學習哪種具體的語言，就必須經過他人的傳授；而動物的交際方式更多的是一種本能，不需要專門學習。因此，與動物簡單的交際方式不同，人類的語言是一套非常獨特和複雜的系統。

語言是人類最重要的交際工具。除了語言之外，人類還可以運用其他的交際工具，比如體態語、文字、電訊代碼、旗語、紅綠燈、公式、簡譜等來傳遞信息和表達情感，但這些交際工具一般都在特定情境或特定領域內使用，服務範圍和便利性都遠遠不及語言。

（三）現代漢語的定義

　　廣義的現代漢語指現代漢民族使用的語言，包括各類漢語方言、海外華人社區使用的漢語等等。現代標準漢語，在內地稱為「普通話」，以北京語音為標準音，以北方話為基礎方言，以典範的現代白話文著作為語法規範。1923 年中華民國教育部國語統一籌備會第五次會議決定，現代規範漢語以現代北方官話的白話文語法和北京話語音為基礎。1932 年中華民國教育部頒佈《國音常用字彙》後，現代規範漢語被確定為中國的官方語言。它是聯合國六種官方工作語言之一，在東南亞及其他海外華人羣體中被廣泛採用，同時也是國際人士學習漢語的規範。

二、語言學概論

（一）何謂語言學？

　　語言學就是研究語言的科學，它以人類語言為研究對象，要從人們聽到和看到的語言現象中概括出語言的結構規律和演變規律。[3]

（二）語言學分類和現代漢語的性質

　　語言學發展到今天，內容已經非常豐富和複雜，可以從多個角度對其進行分類。現在常見的語言學分類有以下幾種。

1. 個別語言學和普通語言學

　　個別語言學是探討某一種語言或某一個語系、語族、語支或語羣

3　王紅旗《語言學概論》，頁 2。

的結構規律或發展規律的科學，如漢語語言學，英語語言學、壯侗語族語言學等。普通語言學則是探討人類語言共有的性質和普遍的結構規律和發展規律的科學。各種語言有它們自己的結構特點，也有一些共性。普通語言學的研究成果是在個別語言學研究成果的基礎上，概括不同語言的共同規律而來。現代漢語只研究漢語這一種語言，屬於個別語言學的範疇。

2. 共時語言學與歷時語言學

共時語言學是選取語言的某個歷史階段，描寫這個階段的語言的狀態和規律的科學。例如，古代漢語和近代漢語的研究都屬於共時語言學的範疇。歷時語言學則是聚焦於語言的發展變化，包括概括語言發展的規律、預測語言發展的趨勢、解釋語言發展的原因等。漢語史的研究就屬於歷時語言學的研究範疇。現代漢語的研究對象是當代的漢語，它顯然屬於共時語言學的範疇。

3. 理論語言學和應用語言學

理論語言學的研究對象是語言自身的結構和演變規律，而應用語言學則是用語言學的理論和方法去解決語言在社會生活的應用中所產生的問題。應用語言學的主要研究領域有第二語言教學、詞典編撰、翻譯、語言規劃和規範化、自然語理解等。現代漢語屬於理論語言學的範疇。

4. 微觀語言學和宏觀語言學

微觀語言學只研究語言本身，語音學、語義學和語法學都屬於微觀語言學的範疇。宏觀語言學則研究的是與語言有關的現象。例如，從人類學的角度研究語言的人類語言學，從社會的角度研究語言的社會語言學，從心理學的角度研究語言的心理語言學等屬於宏觀語言學的範疇。現代漢語只研究現代漢語本身，屬於微觀語言學的範疇。

（三）語言基本單位：語素、詞、短語、句子

聲音與意義固定地結合在一起之後，語言才具備了成立的基礎。這樣的結合 —— 音義結合體即是語言的基本單位之一，語法就是不同類型的音義結合體組合的規則。音義結合體可以分為語素、詞、短語和句子等大小不同的類型。

1. 語素

語素（morpheme）是最小的音義結合體，也是最小的語法單位，也是最小的意義單位。所謂「最小」，是指這一結合體無法再被切分成更小的、可以被理解的片段。如英文詞 singer，即是由兩個語素 sing+er 組成。

普遍來講，語素可以分為自由語素和不自由語素兩種常見類型：

自由語素可以獨立運用而單獨成詞，又叫成詞語素，如漢語中的「天、地、人、水、火」等，英語中的 sing、eat 等。

不自由語素不能獨立成詞，必須與其他語素組合並出現在固定位置以成詞，又叫不成詞語素。例如漢語中的詞綴「阿」，必須出現在前一個語素的位置（「阿姨、阿妹、阿飛」），而「子」（輕聲）必須出現在後一個語素的位置（「蓋子、老子、孫子」）。

在其他語言如英語中，不自由語素可再細分為：

① 衍生語素（derivational morpheme）：這類語素可與其他語素結合成為一個新的字，產生新的語義，如 happiness 中的詞尾 -ness，將 happy 轉化為名詞；unknown 中的 un 表示否定後面的詞根。

② 屈折語素（inflectional morpheme）：這類語素與其他語素結合後，會改變其時態、單複數等等，但只會改變文法，並不改變語意，如動詞遇到第三人稱單數須加上語

素 -s；表示過去時在動詞後面須加上 -ed。

在漢語中有一種半自由語素，它們不能單獨成詞，但可和其他語素自由組合成詞。這裏的所謂自由，是指可以出現在詞的任何位置，例如：人民和民主的「民」、牧草和放牧的「牧」。這一特徵明顯區別於不自由語素。

而在英語等語言中，位置自由的語素是成詞語素，不成詞語素出現的位置則是固定的，因此不存在漢語中這種可以和其他語素自由組合成詞的語素，所以不存在半自由語素這一類型。

2. 詞與短語

詞（word）是可以獨立運用的最小的語言單位。所謂可以獨立運用，指可以單獨使用或包含獨立的語用或語義功能。它大於語素但小於短語，可能由單個（如英語的 rock、blue、slow、like、say 等，漢語的「吃、來、雪、徘徊、布拉格」等）或多個語素（如英語的 slowly、eating、likehood、opened 等，漢語的「投降、崩潰、白菜、絕望、可能」等）構成。由單個語素構成的為單純詞，由兩個或多個語素構成的為合成詞。

短語則是由兩個或多個詞構成但沒有完整的句調的語言單位，如英語中的 go to park，漢語中的「吃飽」。

在英語等語言中，詞可以通過書寫上的分隔來判斷：詞與詞之間存在分隔符號（最常見的是空格）。但在漢語中，詞的判斷比較困難，特別是合成詞與短語之間的界限不易明確：漢字與詞並非一一對應的關係。合成詞與短語的區別通常要藉助「是否可以擴展」這一標準：合成詞的構成語素之間不能插入其他成分，不可擴展，而短語的構成成分之間可以插入其他成分，實現擴展。例如，「長大、變小、吃飽、學會」是詞組，因為成分之間可以插入「得」或「不」構成「長得 /

不大、變得 / 不小、吃得 / 不飽、學得 / 不會」；而「革新、改良、證明」是詞，因為「得」與「不」不能插入到前後兩個成分之間。此外，短語的構成類似積木，如「金色陽光」即等於「金色」加上「陽光」，而詞的意義不能由語素簡單相加得到，如「白菜」並不是「白的菜」。

3. 句子

句子或稱語句，是由詞或短語構成的最大的語法單位。句子與句子之間的組合、聚合關係屬於語用分析的範疇。一個句子須表達相對獨立完整的意義，具有一定的語氣語調，通常用句號、問號、感歎號標記一個句子的終結，例如：

It is so terrible!

I want to send him an email to explain my decision.

Will you go to Shanghai tomorrow?

這太可怕了！

我決定明天不去吃飯。

小張會去上海嗎？

絕大多數句子會包括主語（subject）、謂語（predicate）等不同句子成分。但詞或短語被賦予一定的句調、語氣之後，也可以獨立成句，如：

蛇！

Oh!

Get out.

詞與短語組合成句子必須遵守一定的規則，採用一定的語法手段（如語序、詞綴、屈折變化等）。不同語言使用的規則和語法手段具有明顯區別。屈折語如英語注重屈折變化、詞綴等，而漢語這樣典型的

孤立語則較少使用詞綴、屈折變化等手段，主要依賴虛詞、語序等手段控制句子的構成。

第二章
漢字的特點

一、漢字的性質

　　人類是先有語言後有文字的，漢語也不例外。世界上現有的文字大致可以分為表音和表意兩種。表音文字由代表語言聲音的字母組成，根據語音組合字母，以不同的音素組合區分文字，由文字的發音辨別意義，故又稱「拼音文字」。表意文字不直接與聲音發生聯繫，而是用數量較多的符號表示語言中最小的音義結合體——語素，表意文字單從文字本身雖然看不出其讀音，但符號具有圖像的功能，可發揮表意的作用，文字主要靠不同的形態區分，使用表意文字的人一般根據文字的形態聯想意義。

(一) 漢字是表音還是表意文字？

　　漢字源自圖像，它保留了原始文字靠形態表達意義的特性。例如漢字「人」的古文字寫法為「𠂉」，其外形就像「人」站立的模樣，人們望而生義就可以聯想到「人」的意思。和拼音文字不同，漢字不靠讀音區分文字，故同音字很多，在缺乏語境信息的情況下，單靠文字的聲音是很難辨義的，比如有人説「bào 一下」可能是「報一下」或「抱一下」；「jiēwěn」也可以是「接穩」或「接吻」，以上例子聲

音不能區別意義，唯有看到符號，漢字才能發揮其辨義作用，故漢字屬於表意文字。

此外，文言文只能看不能聽的特徵也很能反映漢字表意不表音的性質。語言學家趙元任曾寫過一篇文章《施氏食獅史》，原文摘錄如下：

> 石室詩士施氏，嗜獅，誓食十獅，氏時時適市視獅。十時，適十獅適市。是時適施氏適市。氏視十獅恃矢勢，使是十獅逝世。氏拾是十獅屍，適石室。石室濕，氏使侍拭石室。石室拭，氏始試食是十獅屍。食時始識十獅屍，實十石獅屍。試釋是事。

作者以相同的聲韻組合「shi」，配以不同的聲調貫穿全文，如果讀者只能聽字音不能看，根本不能理解文章的意義，唯有看到文字才能讀懂。這篇文章很能說明漢字表意不表音的特性，我們看到漢字首先聯想到的可能是意義而不是由文字的發音去判斷意義的。

（二）漢字的筆畫及結構

由於漢字要靠多變的字形區別意義，漢字的筆畫及結構比拼音文字複雜。相對拼音文字，漢字的筆畫比較多樣及隨意，結構也不是單一地線性展開，而是可以上下左右內外放射型地展開，外形崇尚左右上下的勻稱，看起來就像一個個方格，故漢字又稱為「方塊字」。

漢字的筆畫主要分單筆畫和複合筆畫兩種，現把兩種筆畫的類型概括如下表：

漢字單筆畫的類型

筆畫名稱	筆畫形態	例字
一	橫	大
丨	豎	上
丿	撇	文
㇏	捺	人
丶	點	六
㇀	提	紅

漢字複合筆畫的部分常見類型

筆畫名稱	筆畫形態	例字	筆畫名稱	筆畫形態	例字
㇇	橫鉤	寫	亅	豎鉤	小
㇆	橫折	白	㇙	豎提	良
㇅	橫撇	水	㇄	豎折	山
㇇	橫折鉤	門	㇄	豎彎	四
ㄋ	橫折折	凹	)	彎鉤	了
㇊	橫折提	計	㇂	斜鉤	我
㇟	橫折彎	沒	㇃	臥鉤	心
㇟	橫折彎鉤	九	㇉	豎折折鉤	馬
㇅	橫折折折	凸	㇄	豎彎鉤	兒

　　掌握好漢字的筆畫對記憶字形及字的寫法相當重要，有時一個細微的筆畫區別就能表達兩個不同的漢字，如「折」與「拆」。

　　漢字的結構可分獨體字及合體字兩類，獨體字是指單個部件組成的文字，如「人、口、目、手、牛」等；合體字是指由兩個或以上部件組成的漢字，如「休、吃、眼、提、牲」等，目前主流意見認為合體字有七種組字形式，分別是左右結構 (如：休、詞)、左中右結構 (如：謝、樹)、上下結構 (如：忘、義)、上中下結構 (如：意、器)、全包圍結構 (如：回、圍)、半包圍結構 (如：風、間)、穿插結構 (如：來、乘)。了解漢字的結構不單有助於我們掌握漢字的寫法，更有助於我們理解部件之間的關係，理解漢字的意義。

(三) 漢字的數量

　　表音文字靠字母組字，字母的數量是有限的，學習者只要牢記有限字母的寫法就可以寫字了。然而，漢字要靠變化多端的組合及形態區分文字，導致漢字的字符系統相當龐大，其系統之複雜及數量之多是世界文字史上所罕見的。漢字的歷史保守估計有三千多年，歷朝歷代湧現的新字，加上同一個字可能會出現不同的字體，沒有一時一地的標準，是很難說出漢字的準確數字的。不過我們可以從古今字典中，知道漢字的大概數目。東漢的《說文解字》收字 9353 個，清朝《康熙字典》收字 47,035 個，當代的《漢語大字典》(2010 年版) 收字 60,370 個。1994 年中華書局、中國友誼出版公司出版的《中華字海》收字 85,568 個，台灣教育主管部門的異體字字典收錄了 106,230 個漢字，當中正字 29,892，異體字 76,338。漢字字數統計的差異，從以上數字可見一斑。一般認為，《漢語大字典》所收的六萬多字為目前通行的漢字，其中常用字有 3500 個，通用字有 5000 至 8000 個。

二、漢字面對的問題

（一）漢字寫法的不確定性

漢字歷史源遠流長，不同朝代曾經出現各式各樣的書體，許多書體傳承至今仍在使用，導致漢字異體字的數量龐大，字符系統極其複雜。所謂異體字是指在正體字以外，有一種音義相同、只是字體不同的漢字存在，例如「杯」與「盃」，「夠」與「够」，「廚」與「厨」，「角」與「角」等。異體字可分為完全異體字（亦稱單純異體字）、包孕異體字及交叉異體字三種，它們各自有不同的特性，現闡述如下。

1. 完全異體字

讀音和意義完全相同，只是寫法不同，兩者基本上可以無條件地對調使用，如：

峰—峯	群—羣	線—綫	强—強
夠—够	癡—痴	匯—滙	啟—啓
煙—烟	恆—恒	裏—裡	韻—韵

2. 包孕異體字

指甲字可包含乙字的意思，甲字可代替乙，但乙不能完全代替甲，如下圖表達的關係。

包孕異體字關係示意圖

漢字中的「沈」與「沉」，「殷」與「慇」，「果」與「菓」，「豆」與「荳」等都屬於包孕異體字的關係，前字的義項可涵蓋後字，如「沈」可寫作「沉」，但作為姓氏的時候只能寫「沈」。

3. 交叉異體字

即甲字的部分意義和乙字的部分意義完全相同，故出現兩種寫法的異體關係。

交叉異體字關係示意圖

屬於交叉關係的異體字往往意義有重疊的地方，但又不能互相取代，學習者很難用讀音或意義區分兩字的用法，只能靠記憶和習慣掌握兩字使用的區別，這類異體字最容易引起混亂。加上坊間誤用的情況普遍，會對學習者造成一定的干擾。人們要花大量時間釐清何時用甲字，何時用乙字，何時兩字皆可等問題，稍一不慎就會出現誤用情況，例如「信」與「訊」都含有「消息、音訊」的意思，故「信息」與「訊息」，「短信」與「短訊」基本上是互通的，但當要表達「相信、信心」，「審訊、偵訊」等義項時，就要把兩字分開，類似的例子還有「鋪」和「舖」，「舍」和「捨」，「分」和「份」，「渡」和「度」等。

(二) 漢字字形的不確定性

漢字書體繁多，書寫工具(毛筆)產生的線條變化多端，人們為了追求書法上的藝術而改變或創作一些字形，導致同一個部件，可能會出現不同的形態。再加上兩岸三地的字形標準不一及繁簡體的問

題，漢字字形的不確定性就更顯突出。下面是坊間通行的新舊字形對照表，當中確定 48 個漢字或部件的新字形規範。值得一提的是，香港有些字體採用舊字形，有些採用新字形，標準比較模糊，根據香港教育局頒佈的《香港小學學習字詞表》，「角、骨、花、吳、呂」等字採用舊字形，但「為、温、直、食、真」等字採用的是新字形。這種字形上的不統一會對學習筆畫、筆順，甚至整個字的寫法帶來不便。

另外，在組成漢字的過程中，為了整體的勻稱，一些漢字的構成元素需要與其他部件在形體上相互協調，同樣部件在字的不同位置可能會有不同的形體，這就是部件的變形。如「人、火、水、足、衣、犬、刀、手、心」變成「亻、灬、氵、足、衤、犭、刂、扌、忄」。如前文所説，漢字是靠形態區分文字，這種部件形態上的變體實際上還擔當了一種區分漢字的作用。掌握部件的變形對學習漢字、了解漢字的本義尤其重要，如「蹴」一字部首為「足」，見字思義，讀者可以聯想到這個字和足部動作有關，「蹴」本身就有「踏、踢」的意思，「一蹴而就」表示事情很容易可以完成、解決。部件的變形一方面可以提示漢字意義，但由於一字會同時出現兩個形體，無疑會加重學習者的負擔，尤其是書寫方面的學習。

（三）漢字部首的不確定性

漢字的部首約有 210 個之多，部首一般用來表達該字的意義類別，比方和手部動作有關的字多屬「手」部，如「打、拎、提、揚、扔、掉」等。如前文所説，漢字是靠字的形態變化區分意義的，為組合新字，要創造大量的合成字，這些合成字的部件本身就可充當部首。雖説漢字部首和字的意義有關，但許多漢字的今義和本義已相去甚遠，很難憑漢字的今義聯想字的部首是甚麼，如「初」一字，今義是「第一次」，其本義是指「用刀剪裁衣服」，故從「衣」部。又如「醫」

新 舊 字 形 對 照 表

(字形後圓圈內的數字表示字形的筆數)

舊字形	新字形	新字舉例	舊字形	新字形	新字舉例
卝 ④	卝 ③	花草	直 ②	直 ⑧	值植
辶 ④	辶 ③	连速	黾 ⑧	黾 ⑧	绳鼋
幵 ⑥	开 ④	型形	咼 ⑨	咼 ⑧	過蝸
丰 ④	丰 ④	艳沣	垂 ⑨	垂 ⑧	睡郵
巨 ⑤	巨 ④	苣渠	肖 ⑨	食 ⑧	飲飽
屯 ④	屯 ④	纯顿	郎 ⑨	郎 ⑧	廊螂
瓦 ⑤	瓦 ④	瓶瓷	彔 ⑧	录 ⑧	渌箓
反 ④	反 ④	板饭	昷 ⑩	昷 ⑨	温瘟
丑 ④	丑 ④	纽杻	骨 ⑩	骨 ⑨	滑骼
犮 ⑤	犮 ⑤	拔茇	鬼 ⑩	鬼 ⑨	槐嵬
印 ⑥	印 ⑤	茚	爲 ⑫	为 ⑨	偽挊
耒 ⑥	耒 ⑥	耕耘	旣 ⑪	旣 ⑨	溉厩
呂 ⑦	吕 ⑥	侣营	蚤 ⑩	蚤 ⑨	搔骚
攸 ⑦	攸 ⑥	修條	敖 ⑪	敖 ⑩	傲遨
争 ⑧	争 ⑥	净静	莽 ⑫	莽 ⑩	溁蟒
产 ⑥	产 ⑥	彦產	眞 ⑩	真 ⑩	慎填
芉 ⑦	芉 ⑥	差养	备 ⑩	咼 ⑩	摇遥
并 ⑧	并 ⑥	屏排	殺 ⑪	殺 ⑩	撥緻
吳 ⑦	吴 ⑦	蜈虞	黃 ⑫	黄 ⑪	廣横
角 ⑦	角 ⑦	解确	虛 ⑫	虚 ⑪	墟歔
奐 ⑨	奂 ⑦	换痪	異 ⑲	異 ⑪	冀戴
俏 ⑧	肅 ⑦	敝弊	象 ⑫	象 ⑪	像橡
耳 ⑥	耳 ⑦	敢敲	奧 ⑬	奥 ⑬	澳襖
者 ⑨	者 ⑧	都著	普 ⑬	普 ⑫	谱谱

字，今義是「治療」，其本義是指「治病用的酒」，故從「酉」即「酒」部。此外，由於很多部首屬非常用字或單獨不成字，如「辵、巛、彡、匚、攴、廾、卩、凵、卩」等，這些部首在日常溝通的文字裏基本不會出現，一般人很難記住漢字部首的讀音及意義。有些部首的字形又很接近，如「攵、夂」，容易造成混淆。因為部件不易於辨認和描述，學習掌握漢字的唯一方法就是模寫，故漢字經常被稱為「可意會而不能言傳」的文字。

（四）漢字筆畫數的不確定性

香港學生一般是用部首和筆畫數目來查中文字典，每當找不到想要查的漢字，學生往往用加減一畫的方式再查一遍，還查無所獲，再換部首再數筆畫再查，相當費事。久而久之，香港學生都疏於翻查中文字典，對文字的形音義一知半解。為甚麼漢字的筆畫那麼難數？原因是漢字的筆畫種類繁多，複合筆畫達 26 種之多，筆畫之間的分隔與聯繫又沒有科學的規定，加上兩岸三地對字形理解的差異及異體字的影響，導致筆畫數的統計存在着偏差。如「叟」一字，台灣算 10 畫，內地寫「叟」，算 9 畫。又如「建」字中的「廴」，台灣算 3 畫，內地算 2 畫。

小思考：你知道以下漢字的部首及筆畫數嗎？

漢字	部首	筆畫	漢字	部首	筆畫
凹			鬱		
凸			鄰		
鼎			隣		
肅			微		

（續上表）

淵	贏
龜	豔
巨	艷
臣	舞

（五）漢字筆順的不確定性

漢字源自圖像，它的寫法不是單一地從左到右線性式地展開，而是可從左右、上下、內外多方向展開，沒有接受過訓練的人會覺得寫漢字好像在畫畫。畫畫沒有順序可言，漢字的筆順也相當模糊不清，一些筆畫複雜的漢字，如「龜、凹、凸、瀟、卍、鬱」等，人們往往難以辨明其筆畫的先後次序。兩岸三地對筆順的標準也並不統一，如「學」，台灣的標準筆順是先寫中間的「爻」，內地通用的簡化字又自有一套筆順標準。至於香港的標準，其中一些漢字筆順和台灣標準一致，有些和內地標準一致，情形就更複雜了。此外，今天信息科技發達，書寫已經和手機輸入、電腦輸入劃上等號了，在港台流行的倉頡、速成輸入法裏，一些漢字的鍵入次序和實際書寫筆順不同，這又對掌握漢字筆順構成干擾。

三、錯別字的定義

「錯別字」包含了「錯字」和「別字」兩個概念。錯字是指「本無其字」，如把「迎」寫成「迎」。別字又稱「白字」，是本身存在的字，但被張冠李戴用錯了，如「按部就班」寫成了「按『步』就班」，「作祟」寫作了「作『崇』」。不管是寫「錯字」還是「別字」，我們

都應儘量避免。但有時很難單純地分辨漢字使用的對錯，比如有人會使用一些書法字體或完全異體字。加之兩岸三地對字形標準的理解不同，使用漢字時就要更加小心。一般來說，除了寫書法體或有意地製造字體藝術效果時 (如題字或字畫)，可以彈性地採用字體，否則應該以一時一地的規範字為標準，寫「正字」，讀「正音」。

四、錯別字對傳意的影響

目前，香港社會上使用錯別字的情況非常普遍，不少人認為寫字多一筆少一畫無甚大礙，其實不然，寫錯別字就像讀錯字音，會影響語言意義的傳達，輕則影響讀者的閱讀速度，重則會使讀者誤會或不理解作者的意思，直接影響讀者對作者的印象。長遠來說，寫「錯別字」會造成文字混亂的不良影響，如今天香港經常把「麵包」的「包」寫成「飽」，把「特色」的「色」寫成「式」，久而久之，文字的書寫標準會變得模糊，導致使用上的混亂。語言文字的先決條件就是標準統一，失去標準的文字是不利於傳意的。

有時候錯別字不是對與錯的問題，而是誤用了另外一個意義接近的詞，導致讀者在理解上產生偏差，直接影響文字的傳意功能。

例如：

緊記 VS 謹記

緊記是表達「牢牢記住」的意思，而「謹記」除了要牢記，還帶出了「恭敬」的感情色彩，如「謹記校長的教誨」，但不會說「謹記沖廁」。

報道 VS 報導

　　兩個詞均有「告知、傳達」的意思，但語義上略有區別。「報導」中的「導」含「導向、引導」的意味，帶有一點主觀色彩，當我們要傳達一些客觀的消息時，宜用「報道」。

　　啟示 VS 啟事

　　「啟示」是一種帶有啟發性的指示，能使人有所領悟。「啟事」是實用文用以作公開聲明的一種文類，如「尋人啟事、搬遷啟事」。

五、如何避免書寫錯別字

　　要避免書寫錯別字，就要從根源着手，了解錯別字的成因，對症下藥，才能解決問題。造成書寫錯字的原因有以下四種：

（一）筆畫記得不準

　　例如：

錯	正
琹	琴
泠	冷
補	補
栁	柳
式	或
隆	隆
步	步

（二）字形記得不準

例如：

錯	正
狅	逛
卸	卸
誔	誕
憇	憩
釜	釜

（三）繁簡合併

例如：

錯	正
闲	開
関	關
軽	輕
銭	錢
认	認
觉	覺

（四）誤用他國文字

這裏主要指使用了日語或韓語中出現的漢字，這些漢字在日語和韓語的語境下使用是正確的，但是在中文出現時，屬於錯別字。例如：

錯	正
気	氣
広	廣
総	總
駅	驛
辺	邊
芸	藝
沢	澤
浜	濱

　　造成書寫別字的原因很多，主要是對漢字的形音義了解不足及受上下字偏旁影響造成的。

（一）形近造成誤用

　　例如：

錯	正
肄業	肆業
徒峭	陡峭
綱頁	網頁
防礙	妨礙
互古未有	亙古未有
言簡意該	言簡意賅
灸手可熱	炙手可熱
火中取粟	火中取栗

（二）音近（同）或音形相近（同）造成誤用

例如：

錯	正
後任	候任
手飾	首飾
倔起	崛起
峻工	竣工
餘遐	餘暇
真締	真諦
脈博	脈搏
含情默默	含情脈脈
全城觸目	全城矚目
罪魁禍手	罪魁禍首
相輔相承	相輔相成

（三）受上下字偏旁影響造成誤用

例如：

錯	正
編緝	編輯
撕打	廝打
清浙	清晰
陝隘	狹隘
鞠躳	鞠躬

（續上表）

跋跡	跋涉
深澳	深奧
語無論次	語無倫次

（四）對詞義的理解不足造成誤用

例如：

錯	正
林林種種	林林總總
趨之若鷲	趨之若鶩
好高鷲遠	好高騖遠
既往不究	既往不咎
不徑而走	不脛而走
無可耐何	無可奈何
舉旗不定	舉棋不定
戰戰驚驚	戰戰兢兢
題綱挈領	提綱挈領
提醐灌頂	醍醐灌頂

小思考：以下都是學生曾經寫過的錯別字，你知道它們的正確寫法
　　　　嗎？你認為甚麼原因導致這些錯別字出現？

| 報 | 章 | 或 | 周 | 刊 |

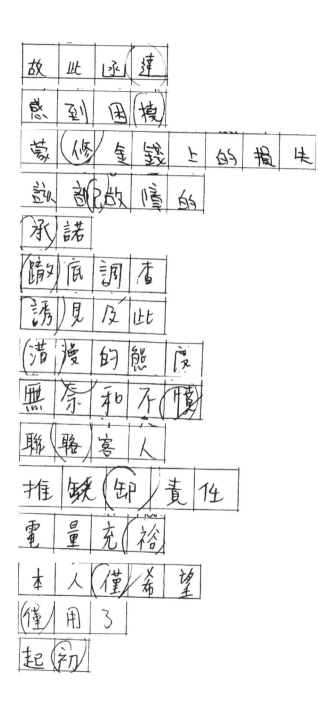

故 此 迅 達

感 到 困 擾

蒙 修 金 錢 上 的 損 失

歉 部 故 障 的

承 諾

徹 底 調 查

諒 見 及 此

潛 邊 的 態 度

無 奈 和 不 憤

聯 聆 客 人

推 銑 卸 責 任

電 量 充 裕

本 人 僅 希 望

僅 用 了

起 初

要避免書寫錯別字，關鍵還是要「固本培元」，釐清漢字的形音義，掌握好漢字的形態、結構、筆畫及意義，注意兩岸三地字體、字形的區別，遇有不明白時主動翻查工具書，建立良好的書寫習慣，這樣才能從根本上解決錯別字的問題。

六、網上漢字工具

目前功能最強大，收字最多的工具書不在圖書館，而是在網絡上。網絡的發達，為工具書的增補、修訂提供了極大的方便，因此網路上的工具書一般都比實體工具書的收字量多。但大家選擇網上工具時要小心挑選。一般政府教育部門或大學開發的工具或網站資料比較準確、嚴謹，是較為理想的選擇；同時也要留意兩岸三地的標準問題。以下是一些可供漢字學習使用者選擇的網上漢字工具：

http://www.zdic.net/（漢典）

http://humanum.arts.cuhk.edu.hk/Lexis/Canton（黃錫凌粵音韻彙／粵語讀音）

http://humanum.arts.cuhk.edu.hk/Lexis/lexi-mf/（漢語多功能字庫）

http://dict.revised.moe.edu.tw/（重編國語辭典修訂本／形音義／台灣標準）

http://dict.variants.moe.edu.tw/（異體字字典／形音義）

七、課後練習

（一）以下字詞因形近或形音相近而產生錯誤，請寫出它們的正確文字

錯	正	錯	正
遷徒		腐敗墜落	
肄業		相形見拙	
馳聘		張馳有度	
戊戍		原子幅射	
戍守		可見一班	
私塾		短小精桿	
贋任		殺戮戰場	
膺品		自尋煩腦	
妨止		默守成規	
甜密		風聲鶴淚	
安祥		如法泡製	
氣慨		中流抵柱	

（二）以下字詞因音近或音義相近而產生錯誤，請寫出它們的正確文字

錯	正	錯	正
姑負		巧奪天功	
報張		破斧沉舟	

（續上表）

佈署	一股作氣
浪廢	以逸代勞
擁躍	金壁輝煌
煩瑣	手屈一指
鬼計	穿流不息
貫輸	轟堂大笑
類同	卑恭屈膝
克苦	記憶尤新
背境	敷衍失責

（三）以下字詞因形音義相近而產生錯誤，請寫出它們的正確文字

錯	正	錯	正
人仕		車箱	
寒喧		語無論次	
撕殺		針貶時弊	
帶帽		驕生慣養	
燙斗		味同嚼臘	
評擊		再接再勵	

練習答案

（一）以下字詞因形近或形音相近而產生錯誤，請寫出它們的正確文字

錯	正	錯	正
遷徒	遷徙	腐敗墜落	腐敗墮落
肆業	肄業	相形見拙	相形見絀
馳聘	馳騁	張馳有度	張弛有度
戊戍	戊戌	原子幅射	原子輻射
戍守	戌守	可見一班	可見一斑
私墊	私塾	短小精桿	短小精悍
贋任	歷任	殺截戰場	殺戮戰場
膺品	贋品	自尋煩腦	自尋煩惱
妨止	防止	默守成規	墨守成規
甜密	甜蜜	風聲鶴淚	風聲鶴唳
安祥	安詳	如法泡製	如法炮製
氣慨	氣概	中流抵柱	中流砥柱

（二）以下字詞因音近或音義相近而產生錯誤，請寫出它們的正確文字

錯	正	錯	正
姑負	辜負	巧奪天功	巧奪天工
報張	報章	破斧沉舟	破釜沉舟
佈署	部署	一股作氣	一鼓作氣
浪廢	浪費	以逸代勞	以逸待勞
擁躍	踴躍	金壁輝煌	金碧輝煌
煩瑣	繁瑣	手屈一指	首屈一指
鬼計	詭計	穿流不息	川流不息
貫輸	灌輸	轟堂大笑	哄堂大笑
類同	雷同	卑恭屈膝	卑躬屈膝
克苦	刻苦	記憶尤新	記憶猶新
背境	背景	敷衍失責	敷衍塞責

（三）以下字詞因形音義相近而產生錯誤，請寫出它們的正確文字

錯	正	錯	正
人仕	人士	車箱	車廂
寒喧	寒暄	語無論次	語無倫次

（續上表）

撕殺	廝殺	針貶時弊	針砭時弊
帶帽	戴帽	驕生慣養	嬌生慣養
燙斗	熨斗	味同嚼臘	味同嚼蠟
評擊	抨擊	再接再勵	再接再厲

參考書目

1. 北京大學中文系現代漢語教室：《現代漢語》，北京：商務印書館，2000 年。

2. 程祥徽、田小琳著：《現代漢語》修訂版，香港：三聯書店有限公司，2013 年。

3. 黃伯榮、廖序東主編：《現代漢語（上、下）》，北京：高等教育出版社，2007 年。

4. 香港城市大學語文學部編著：《中文傳意——基礎篇》，香港：香港城市大學出版社，2008。

第三章
漢字的演變及整理

一、漢字的演變

漢字的歷史源遠流長，它沒有走上拼音化的道路，仍保留了表意不表音的性質，歷朝歷代按時序曾出現過甲骨文、金文、大篆、小篆、隸書、楷書六種主要字體以及草書、行書等輔助字體，字體之間的文字寫法及字形有着明顯的差異。目前主流的意見認為小篆和其之前的文字字體，即甲骨文、金文、大篆、小篆為古文字字體；而隸書則為漢字形體演變上重要的轉折點，它的筆畫結構及輪廓已經和現代漢字非常接近；楷書是從隸書演變而來的，它是影響最廣、使用時間最長的字體，現代漢字字體的標準大多來自楷書；草書字體非常簡化和潦草，造成不少文字辨認上的問題，因此，又出現了糅合楷書規整及草書便捷的字體——行書。下文將簡述甲骨文、金文、大篆、小篆、隸書、楷書六種主要字體的背景及演變情況。

(一) 甲骨文

甲骨文是已發現的文字中最早成體系的漢字，在甲骨文之前也有類似文字的符號出現，它們也擔當着文字記錄、傳意的功能，但這些「文字」使用範圍有限，文字的隨意性很強，並未形成具有影響力的

文字系統。由於甲骨文是用刀片把文字刻於龜甲及動物的骨頭上，故其筆畫細瘦，筆畫數較少，字形以方角為主。現代發現的甲骨文多屬於商代後期的文字，也有少部分是周代的。

圖一：刻在豬牛骨上的甲骨文

（二）金文

金文從商周到秦漢甚至更晚時代都有，這裏所指的金文是商、西周、春秋、戰國時期銅器上銘文字體的總稱，這類銅器以鐘和鼎居多，故也叫「銅器銘文」、「鐘鼎文」。和甲骨文一樣，金文象形及簡化的特徵明顯，字形結構及書寫款式尚未定型。有所不同的是，甲骨文筆道細、直筆多、轉折處多，金文由於是刻在銅器上的文字，為了清晰起見，筆畫一般肥粗豐腴，彎筆多，外形勻稱，文字的大小比較一致。雖說文字發展到金文尚未定型，但金文的異體字比甲骨文少，筆畫也比較簡單。

圖二：鑄刻在青銅器上的金文（鐘鼎文）

（三）大篆

　　篆書主要由商周兩代的文字演變而來，它是春秋戰國時期在秦國通行的字體。大篆文字至今尚存的有三種類型，分別是「籀（zhòu）文」、「石鼓文」及「詛楚文」，「籀文」來自字書《史籀篇》，「石鼓文」和「詛楚文」都是刻在石頭上的文字，這三種文字形態接近，結構比金文整齊勻稱，早期粗細不勻的線條變得均勻柔和，但字符比之後的小篆複雜。

圖三：大篆字體

（四）小篆

　　小篆是在大篆的基礎上加工整理而來的。由於六國文字雜亂紛陳，秦統一六國後，丞相李斯提出統一文字，他蒐集了當時通用的文字，以秦國文字為藍本，對各國的文字加以整理，編成字典頒行全國，使文字有了標準。這個階段的漢字形體漸趨穩定，筆畫變得整齊劃一，形體輪廓也較為清晰有條理，文字的圖像性開始淡化，符號特性逐漸形成，故小篆一般被視為古文字的最後一種字體。

圖四：秦代的小篆字體

（五）隸書

　　隸書有秦隸、漢隸兩種。秦隸是秦代使用的隸書，主要特點是把小篆圓轉弧形的筆畫變成方折平直的筆畫，它開始擺脫古文字象形的特點，但還保留着一些篆書的筆法，所以也叫古隸。漢隸是在秦隸的基礎上演變來的，是漢代通行的字體，字形規整。從隸書開始，漢字進入了今文字的範疇。今文字是指秦以後的文字，包括隸書、草書、行書和楷書。

圖五：隸書字體

（六）楷書

楷書的「楷」字含楷模、規範的意
思，相對其他書體，楷書又名「真書」
和「正書」，可見其作為規範字體的地
位。楷書興於漢末，大盛於魏晉，它的
文字結構也大致沿用隸書，字的外形也
和隸書一樣方正，不同之處在於楷書的
筆畫比較平直，沒有隸書的波折，向外
攤展的程度也沒有隸書明顯。由於楷書
方正，易於辨認，能幫助漢字學習，故
這種書法字體一直沿用至今，是通用時
間最長的字體，漢字發展到楷書也基本
上定型了。

圖六：楷書字體

圖表一：不同字體的漢字字形

字體	例子
甲骨文	大 專 中 文 傳意 ＊甲骨文沒有傳意兩字
金文	大 專 中 文 傳意
篆書	大 專 中 文 傳意
隸書	大 專 中 文 傳意
草書	大 專 中 文 傳意
楷書	大 專 中 文 傳 意
行書	大 專 中 文 傳意
簡化字	大 专 中 文 传 意

二、漢字的造字方法

　　和拼音文字不同，漢字不能靠字母的組合創造新字。今天，大眾一般認為漢字的造字方法離不開「六書」，所謂「六書」，是指六種不同的造字或用字的方法，其中「象形、指事、形聲、會意」乃造字之法，「轉注、假借」是用字之法。最早為六書下定義的是東漢的許慎，以下將根據許氏的解釋，輔以歷來學者的分析，逐一說明「六書」的意義。

(一) 造字之法

1. 象形

《說文解字》云：「象形者，畫成其物，隨體詰詘，日、月是也。」顧名思義，象形是用描繪事物形態的方法來造字，雖然早期的象形字圖畫性較強，但文字始終是表意的符號，象形字會放大圖像的特徵，如「羊」（𦍌），重點在羊角上；又如「車」（𤪌），強調的是車輪的部分。相比圖畫，文字的線條比較固定，外形趨於統一，寫法較容易掌握。許多大自然的事物或具有外形特徵的東西都是用這種方法造字的。

如：

日（☉）、月（☽）、人（𠤎）、山（⛰）、水（𣲘）、火（🔥）、魚（𩵋）、象（象）、馬（馬）、竹（竹）、蟲（𧈧）、鹿（鹿）

象形字一般為獨體字，它是構成其他漢字的基礎。隨着社會的發展，人們會發現單靠象形這個方法造字是明顯不足的，一些概念比較複雜或抽象的事物如「上、下、左、右」難以用象形的方法造字，需要借助其他的造字方法。

2. 指事

《說文解字》云：「指事者，視而可識，察而見意，上、下是也。」和象形字不同，指示字用以表達一些抽象的意義，如「上、下」，或一些象徵的意義，如「本、末」，它正好解決象形字必須有形可象，不能表示抽象概念的問題。指示字可以分作兩類，一是用象徵性符號或抽象線條來表示字義。

如：

一（一）、二（二）、三（三）、四（亖）、丩（丩）、

上（二）、下（二）、厶（ㄥ）、中（中）

二是在象形字的基礎上加上指示符號來表達字義，如在「木字」根部加一橫是「本」，表示根本；在「木字」的頂端加一橫為「末」，表示樹梢、盡頭；亦（大）的「大」字代表人，兩側的點代表腋下的地方；刀字上加指示符號為「刃」，表示刀鋒；口字裏加一橫代表「甘」，表示甘甜；曰（曰）代表口裏有氣送出，代表說話意思。既然是「抽象」，要用符號去表達有關的意義實有困難，加之不同人對抽象意義的理解可能有偏差，這又降低了指示字的傳意功能，故用指事的方法造字的例子不多。

3. 會意

「會意」有點像坊間的測字方法，它用兩個或以上的字符組合成新的漢字，而新造文字的意義和組合字符的意義有關，這種造字方式稱為「會意」。《說文解字》指出「會意者，比類合誼，以見指撝（揮），武、信是也。」其中「比類合誼」是指把幾個獨立的字符組合起來，結合字符表達的意思，「以見指撝」是指從中可以看到新造文字指稱的意義。由於會意字需要組合字符，故其必為「合體字」。

有些會義字是用「以形會意」的方法組合而成的，即字符組合後呈現的畫面可以表達文字的意義，如「休」，左邊是一個「人」，右邊一個「木」，組合後表達人靠在樹木上休息的意思；其他用「以形會意」組合新的會意字包括：「牧（牧）」、「伐（伐）」、「折（折）」、「步（步）」等。另有一些會意字是用「以義會意」的方法組合新字，這類字要靠字符意義的組合來表意，如古代農業的勞動力主要來自男性，故「男」字上方從「田」，下方為「力」；「林」字的意義不是指兩棵樹，或是兩塊木頭，而是指很多樹木合在一起，其他用「以義會意」組合新的會意字包括「歪、夯、嵩、尖」等。

4. 形聲

「形聲」是用一個聲旁 (又稱「聲符」)，再加一個形旁 (又稱「義符」) 組合新字的，《説文解字》給形聲字的定義為「形聲者，以事為名，取譬相成，江、河是也。」意思是説依事物的類別，拿一個字作為形符，再取一字音相同或相近的字作為聲符，讓兩者結合構成新的文字，如「江、河」皆與「水」有關，故以「氵」作為表達意義的形符，再用「工、可」二字表達其讀音，便創造了「江、河」二字。其他形聲字的例子包括：

義符為「金」的有銅、鈣、鍾、鎳、鉬、錘、鉀、鏡、鋼、鋅、鍵、銼

義符為「木」的有桐、植、椏、杆、梳、概、楠、械、柄、梢、棚、樑

義符為「手」的有拎、打、揚、扣、抬、扛、扯、抵、拯、拭、捶、控

義符為「魚」的有鮭、鮪、鯖、鯨、鱈、鯉、鯉、鰹、鱲、魷、鮑、鯽

由於形聲字的構字方法簡單，造字者只須要根據語音找一個相應的形符及聲符就可創造新字，加上形聲字能一定程度上解決漢字不表音的問題，有助學習者掌握新字的意義及讀音，如用「主」做聲旁的形聲字就有「住、注、註、柱、蛀、炷、駐、拄、疰、鉒」等，學習者只要掌握了「主」的讀音及一些形符的意義，便可掌握新造的文字，這對漢字的學習及創造產生了一種積極的作用，以「亻、氵、阝、衤、犭、刂、扌、忄、火、言、金、食、魚、木」作部首的字許多都是用形聲法創造的新字，六書中以形聲字的數量最多，故俗語説「漢字有邊讀邊」或「秀才讀字讀半邊」。

（二）用字之法

1. 轉注

嚴格來說，六書中只有前四書是造字之法，「轉注、假借」屬於用字之法，兩者並未造出新的漢字。《說文解字》對「轉注」的解釋很簡單，書中也只有兩個轉注的例子：「轉注者，建類一首，同意相受，考、老是也。」歷來學者對轉注的解釋眾說紛紜，比較多人認為「建類一首」是部首相同，「同意相受」是指意義相同，可以互相註釋的一組詞。如「老」和「考」同屬「老」部，古文字的「考」本身就是「老」的意思，兩者意義相通，《說文・老部》「考，老也。从老省，丂聲。」由於原來的「老」字衍生出「丂」的讀音，人們用形聲法造出了「考」字，仍然保留「老」的意義，後來兩字才有明顯的分工，「考」字的意義變為表達「考試、考核」的意思。「考」字雖然是新造的文字，但是以形聲法造出來的，所謂轉注，最多只能說明字源，或字的本義，它本身不是一種造字方法。

2. 假借

《說文解字》對假借的解釋是「假借者，本無其字，依聲託事，令長是也。」

本來沒有的字，按照同音或近音的方式選擇一個現有的字表達新的意義，說文的假借例子有「令、長」兩字，「令」是「命」的本字，本義是指上級對下級傳達命令，表達「讓、促使」的動詞，及表達「縣令、郡令」的名詞是它的引伸義；「長」的本義為頭髮飄散的老人，表達「長短」及「長官」的形容語素是它的引伸義。「來」字本是指「麥子」，甲骨文的寫法為「來」，外形像成熟的麥子，是個象形字，也是麥的本字，「來往」的「來」是之後才附加的意義。「兌」本義為「說話」，此義項今天已被說字取代，「兌」引伸為表達「兌換、兌現、兌

付」的意思。

　　簡單來說，假借法是賦予一個舊有的字新的意義，有些字的假借義和本義容易產生混淆，不利於信息上的傳遞，人們會創造新的文字，對兩字表達的意義作出分工，如「丁」字，其本義是指釘在牆上的「釘子」，假借後可表達「男丁、女丁」的意思，為了更有效地區分兩字，「釘子」的涵義被分化到「釘」一字。「釘」雖然是新造的字，但其造字方法是形聲，不是假借，因此假借只是「用字之法」，不是「造字之法」。

三、漢字的整理

　　上一節分析了漢字本身存在的問題，綜合而言，這些問題多和漢字筆畫複雜、字形多變、寫法不統一有關。晚清時期，國勢衰弱，當時許多知識分子認為漢字的難寫、難學、難記阻礙了知識的流傳，使社會民智未開、國家頹敗。他們提出如要救國救民，首先要改革漢字，普及知識。經過一百多年的洗禮，漢字改革已初見成效，漢字形音義的標準變得清晰，文字使用漸趨穩定。總括漢字的整理內容，可以分為四個方面，包括限定漢字數量、整理漢字字形、規範字音及減省漢字筆畫。

（一）限定漢字數量

　　所謂限定字數其實是指釐清標準通用的漢字，即正體字，摒棄一些不規範的異體字。漢語異體字眾多，如果任由這些異體字存在，漢語的字數是難以統計的，這不但對漢字的學習造成負擔，更不利於文字的流通、使用。1955 年，文化部和文改會聯合發佈了《第一批異

體字整理表》，表裏整理了 810 組異體字，每組選定一個字作為規範字，該表後來曾作出修訂，今天的正體、異體標準主要採用該表。整理異體字的主要原則是從俗、從簡及佈局合理。從俗就是選通用的，廢除生僻不受歡迎的，如選「同」棄「仝」、選「舉」棄「擧」；佈局合理是指採用較多人使用的部首組合，如用「峰」廢「峯」、用「鄰」廢「隣」；從簡一項將在下面減省筆畫的部分闡述。確定了正體字後就可以限定漢字的數量。漢字數量雖然龐大，但通用、常用的漢字卻是有限的。1988 年，國家語委和國家教委發佈《現代漢語常用字表》，收常用字 2500 個，次常用字 1000 個。同年，國家新聞出版署、國家語委發佈《現代漢語通用字表》，收字 7000 個，這些文件，成為今天常用字的標準。

（二）整理字形

　　整理字形就是規範文字及部首的形態。除異體字的問題之外，漢字有些問題是和文字或部首的形態有關的，如草花頭（草字頭）最少有四種形態：「艹」、「艹」、「⺾」、「艹」，漢字整理後規定草字頭的字體為「艹」。1955 年頒佈的《第一批異體字整理表》，1965 年出版的《印刷通用漢字字形表》即後來《新舊字形對照表》採用的標準，1986 年頒佈的最新《簡化字總表》及 2001 年發佈的《第一批異形詞整理表》比較系統地處理了漢字字形標準不一的問題，有效地規範了漢字字形，為教學、書寫及印刷字體提供重要的依據，促進了漢字定形的工作。

（三）規範字音

　　中國方言眾多，每種方言的字音不同，作為共同語的普通話若不規範字音，不同方言地區的人士便無法溝通，因此必須對現代漢語的

字音作出規範。現代漢語以北京音為標準音，一般文字的讀音標準問題不大，需要規範的字音主要是異讀詞或多音字，這些文字長期以來存在讀音上的分歧。1985 年國家語委、國家教育委員會、廣播電視部聯合發佈了《普通話異讀詞審音表》，該表給常見異讀詞的讀音定下明確的標準。《現代漢語詞典》的出版也使異讀詞及多音字有了清晰的規範。此外，《漢語拼音方案》的頒佈及推廣也有助於漢語字音的教學及標準化。

（四）簡省筆畫

　　如果一個字有幾種寫法，根據簡省筆畫的原則，漢字整理時會選取一個既通俗又筆畫少的寫法，如不寫「竈」寫「灶」、棄「煙」選「烟」，當從俗和從簡有矛盾時，如「藥」本來有一個筆畫較少的異體字「葯」，這個寫法更符合繁簡對應的規則，因「樂」的簡化為「乐」。因其不夠通俗，才選定筆畫較多的「药」作為其簡化字。另外，同音代替、創造新的字符、草書楷化等都屬於漢字簡化的類型，有關漢字的簡化方式詳見後文。

　　漢字整理自中華民國時期已在推行。1935 年 8 月，中華民國教育部公佈了《第一批簡體字表》。其後，經歷多次大型修訂，由中華人民共和國政府大力推廣支持，嚴格執行漢字規範化，才出現目前漢字標準比較明確的局面，漢字的標準統一、寫法簡便及結構科學化，有助於非漢語人士學習漢字、對漢字國際化起到了積極作用。

四、簡化字的定義

簡化字 (simplified Chinese)，民間俗稱簡體字、簡筆字。廣義上來說，草書字體裏筆畫減少的漢字、文獻裏出現過的筆畫簡化的俗字、異體字、古字、假借字等都屬於簡體字。如「關」的簡體字有「関」和「关」；「總」的簡體字有「緫」、「総」、「緫」等。狹義來說，簡化字強調的是文字的規範，一個字的簡體寫法可能有好幾個，但簡化寫法只有一個，以上兩個例子簡化寫法只有「关」和「总」。簡化字方案要求嚴格執行文字標準，除了簡省漢字筆畫外，還規範了漢字的字形和數量，以解決漢字難寫、難說、難記的問題。

（一）漢字簡化簡史

如上節所述，不少漢字結構複雜，筆畫繁多，不利於學習、書寫，故在漢字的演變過程中，經常會出現一些筆畫較少的新字取代筆畫較繁複的舊字，如今天的「表」字在《説文解字》裏的寫法為「褾」，從「麃」部，小篆時改從「衣」，成為今天「表」字的來源；又如「禮」字，早在漢朝碑文裏已經出現「礼」的簡化寫法。縱觀整個漢字演變的歷史，我們知道早期的漢字圖像性很強，慢慢地就由象形變為抽象，由繁複的符號變為輪廓較清晰的簡化符號，這種形態上面的變化從字體的演變就可見一斑：甲骨金文簡化成小篆，小篆簡化成隸書，隸書再簡化成楷書。雖然有些字演化後的結構和演化前區別不大，但筆畫的形態和寫法改變了，使文字更容易辨認，加快書寫速度，促進學習。由此可見，漢字的演變本身就是一個刪繁就簡的過程，簡化也不是甚麼新鮮事物。今天通行的簡化字大部分來自古代的俗字、異體字、草書字體，只有極少數是現代人創造的。文字的基本功能就是溝通傳意，人們在文字的使用上是追求易學、方便、快捷的，漢字走向

簡化是歷史發展的必然過程，「簡化」並不代表「簡單化」或「淺化」，相反，它改革、優化漢字，處理了漢字本身存在的一些問題，體現了文字發展的進步。

簡化字大事年表

年份	事件
1920	錢玄同在《新青年》雜誌上發表文章，提倡使用簡化字。
1931	徐澤敏的《常用簡字研究》出版。
1935	中華民國教育部公佈《第一批簡體字表》。
1936	中華民國教育部頒令暫不推行簡體字。
1953	文字改革委員會漢字整理組成立，開始着手擬定《常用漢字簡化表草案》。
1955	經全國文字改革會議討論後，通過了《漢字簡化方案草案》。
1960	教育部、文化部、文改會聯合發出《關於徵集新簡化字的通知》。
1964	中國文字改革委員會出版《簡化字總表》。
1977	公佈《第二次漢字簡化方案（草案）》，稱為「二簡字」。
1986 年 6 月	國務院宣佈廢止「二簡字」。
1986 年 10 月	重新發表《簡化字總表》。

（二）香港使用簡化字的情況

香港社會主要使用繁體字，政府文件、告示、標誌以繁體字為準；然而，人們有時也會按照場合或讀者的需要適當地使用簡化字。因為簡化字書寫方便，在講求效率的香港，繁簡夾雜地書寫是很常

見的，如目前香港通用的「才、台、灶、濕、坤、叠、譿、『了』解」其實都經過簡化，這些字的繁體或異體寫法是「纔、臺、竈、溼、堃、疊、宴、瞭」。因此說香港完全不使用簡化字是不正確的。隨着中國的影響力提升，世界各地使用簡化字的人數不斷增加，目前簡化字已經是聯合國六種工作語言文字（中、英、法、西班牙、俄、阿拉伯）之一，其他國家如韓國、新加坡、泰國採用的漢語字體皆以簡化字為準。今天內地與香港兩地交流頻繁，香港使用簡化字的情況已越來越普遍。在教育體系裏，一般的中小學採用繁體字，國際學校多使用簡化字，本地中學考試時也接受學生書寫規範的簡化字，香港考評局官方網站上的文件註明：「鼓勵參加者使用同一種字體作答，繁、簡體均可接受。簡化字必須符合國家對規範字形的相關規定。實際評卷時，凡答卷中字形正確，不論是否繁、簡混用，都不扣分」。

五、漢字的簡化方式

（一）省略部件、改變字形

簡化字「号」、「亏」、「系」、「奋」、「虫」、「医」、「开」、「与」、「声」、「艺」都是省略部件或改變字形而來的，這種方法某種程度上說也是一種象形的造字方式，不過這不是模仿文字代表的事物，而是模仿原來的繁體字形。這類簡化字抽取了原來繁體字最具代表性的部件形態，減省一些錯綜複雜的筆畫，刪除模糊不清的部分，形成今天採用的簡化字，讀者單憑字形就可以判斷其對應的繁體字，這樣可以避免重新學習文字的問題。

（二）使用會意及形聲字

1. 會意

如上文所說，會意字是由兩個字符組合而來，新造的文字和字符組合後的意義有關。有一部分簡化字是用這個方法造字的，如小土為之「尘」（塵）；三人為之「众」（眾）；火上一橫代表「灭」（滅）；家中一塊玉是「宝」（寶）；屋裏起火為「灾」（災）；有人草上走為「丛」（叢）；從阜從月代表「阴」（陰）；從阜從日代表「阳」（陽）；水目代表「泪」（淚）等。

2. 形聲

簡化字「灯（燈）」、「宪（憲）」、「胜（勝）」、「拟（擬）」、「吁（籲）」、「护（護）」、「惊（驚）」、「递（遞）」都是用形聲法簡化的，字的其中一個偏旁或部件代表讀音，其餘部分或表示字的意義或原繁體字的某個形符。這種簡化方式可憑字音聯想對應的繁體字，有助認讀簡化字。值得注意的是，這種形聲法字音要用普通話發音來理解，不能使用粵語語音來理解。

用形聲及會意的方法產生的簡化字絕大部分都是漢字歷史上出現過的寫法，只有極少數是現代創造的。

3. 草書楷化

草書字體繁多，主要有章草、今草及狂草。草書連筆特別多，幾乎每字都一筆呵成，甚至有一筆數字的寫法。除了大量減少漢字的筆畫外，草書字體潦草，變化大，筆勢狂放不羈，有如行雲流水一般，不同的書寫風格會出現會產生不同的字體，字形不大統一，如果缺乏上下文，可能會出現文字難以辨認的情況。簡化字取草書及楷書之長，一方面採用草書簡便的筆畫，另一方面取楷書的工整字形，把字的筆畫拉直，使其棱角分明，既能簡省筆畫，又易於辨認及學習。

小思考：你知道下面的草書字是甚麼字嗎？它們像現在的簡化字嗎？

4. 代替法

「代替法」是漢字簡化中很常用的方法，代替的方式主要有三種：一、恢復古字；二、採用異體字；三、同音或近音代替。恢復古字方面，簡化字中的「尸、网、丰、礼、从、无」等字其實都是古代的正寫，《說文解字》：「與，与也。今俗以與代与，與行而与廢矣。」可見「與」乃後起的寫法，「与」是早期的寫法。採用異體字在上文整理漢字的部分介紹過，在此不再重複。

顧名思義，同音或近音代替就是取筆畫少的同音或近音字代替筆畫較多的漢字，例子有「借」(藉)、「干」(幹、乾)、「松」(鬆)、「斗」(鬥)、「里」(裏、裡)。和形聲一樣，同音代替的簡化方法也要用普通話的發音來理解，不能用粵語，如「只」代替了「隻」，粵語

發音兩字相去頗遠，惟兩字的普通話發音接近，只是聲調不同。又如「郁」代替了「鬱」，兩字在普通話裏是同音字，粵語則發音不同。

用草書字體及採用古字的簡化字數量很多，這種簡化的方法可以為簡化字系統提供依據，較容易為人接受。

六、簡化字總表

《簡化字總表》共收錄了 2235 個簡化字，全表分三個部分，現把各部分的內容簡述如下：

第一表

收錄了不作偏旁用的簡化字，即不可根據當中的簡化部件類推新的簡化字，如「僅、憐、確、壩、購、際」對應的簡化字為「仅、怜、确、坝、购、际」，但「勤、鄰、權、霸、篝、蔡」並無簡化的寫法，不能直接用部件類推其他簡化字，故稱為「不作偏旁用」。第一表共收 350 字。

第二表

共收 132 個可作偏旁用的簡化字，即可根據當中的簡化偏旁類推含同樣偏旁的簡化字寫法，如「車、馬、侖、長、發、會」對應的簡化寫法為「车、马、仑、长、发、会」。其他有該偏旁的漢字皆用相同的方式簡化，如「辆、骑、伦、账、泼、刽」。第二表另收 14 個簡化字偏旁，包括：「讠（言）、饣（食）、昜（易）、纟（糸）、収（取）、芻（芻）、眂（睍）、只（戠）、釒（釒）、兴（興）、睪（睪）、巠（巠）、巿（繼）、咼（咼）」。

第三表

收錄了由第二表類推出來的 1753 個簡化字。這些字的簡

化寫法均由第二表出現的漢字或偏旁組合而成。例如:「钡、
译、驿、饥、织、读、驴、锅」等。

從上表可見，真正需要掌握的簡化寫法是第一、二表，即
350+132+14=496 個字或偏旁，相對於漢字的數量，學習者需要掌握
的部件寫法其實是相當有限的。

七、簡化字學習及要點

對於使用繁體字的人來說，學習簡化字可以先學會看再學習寫。
繁體字的筆畫結構複雜，一般可以認讀繁體字的人辨認筆畫較少、仍
然保留部件特徵的簡化字時問題不大，如「醫」簡化為「医」，「彎」
簡化為「弯」，會繁體字的人要認讀這些字並不困難，加上不少簡
化字是用形聲或同音代替的方法簡化的，如籲（吁）、懺（忏）、闆
（板），讀者只要掌握一些部件的讀音，根據文字的前後語境，也能認
讀簡化字。相反，要求使用簡化字的人認讀繁體字就比較困難了。

書寫方面，關鍵是要掌握簡化部件的寫法，即第二表裏的簡化字
及簡化偏旁，如輪、駒、詞、錢、緯、賜，學習者只要掌握车、仑、
马、讠、钅、戋、贝等簡體部件的寫法，就能掌握該字的簡化寫法。
但要注意例外的例子，如阳、轰、這、过、开、关、余、护，不能寫
作阦、犇、辻、過、闁、関、馀、謢，學習時不要過分類推。

書寫簡化字時還要避免形近而誤的問題，有些簡化字符和對應的
繁體字符很相似，但又存在着一些細微筆畫差異，書寫時要避免繁體
字的干擾，注意繁簡體字形的區別。譬如纟（糹）、绿（綠）；走字底
辶（辶）。此外，由於簡化字減少了筆畫，某些字簡化後的字形可能
很接近，如竟、竞（競）；压（壓）、庄（莊）；厂（廠）、广（廣）；

（奮）、备（備）；冈（岡）、网（網）；巩（鞏）、筑（築）；仑（侖）、仓（倉）；车（車）、东（東）、乐（樂）；泸（瀘）、沪（滬），使用時要避免張冠李戴的問題。

最後一個常見的問題是不完全簡化，如把「辆」寫成「輌」，「钱」寫成「錢」，「纲」寫成「纲」，學習者要注意規範的簡化寫法，不能馬虎了事。

所有語言文字都是約定俗成的，簡化字有它科學的一面（約定），也有它隨意性的一面（俗成），要學好簡化字固然要了解一些簡化的規則，但基於漢字的特性，往往只有通過書寫才能掌握其寫法，因此多寫多練才是掌握簡化字的關鍵。學習者不妨從識簡寫繁入手，通過觀察操練，最後達致通繁達簡。

八、簡化字的利弊

世界上沒有一套文字系統是完美的，簡化字亦然。漢字簡化固然有它的優點，但也同時衍生了一些新的文字使用問題，以下部分將分析簡化字的利與弊。

（一）簡化字的好處

1. 減省筆畫，便於書寫

國外有個說法「如果你想進地獄，就去學漢字。」漢字之艱難主要在於其筆畫繁複，而簡化字最大的貢獻就是簡省筆畫，在一些極端的例子裏，繁簡體的筆畫可以相差超過 20 畫，如「籲」字繁體字的筆畫數為 32 畫，但簡化字「吁」只有 6 畫，兩者相差 26 畫之多。又如「釁」字，繁體字 25 畫，簡化字「衅」只有 11 畫。現實情況反映，

就算繁體字使用者在需要速記的時候，如考試、採訪、抄寫筆記時，也會不自覺地使用簡化字，可見簡化字確實比較便捷。

2. 整理字形，明確筆畫

由於漢字部件結構及複合筆畫種類繁多，導致漢字筆畫的分連和筆順標準不清，如「龜淵鹽鑿竈鬱龘叢」等字的筆畫結構複雜，學習者較難掌握其筆畫數及筆順，簡化字用田、米、土、火、人、血、半、卜取代筆畫複雜的部件，寫成「龟渊盐凿灶郁丛」，不單筆畫數量減少了許多，筆畫結構及筆順也變得比較清晰明瞭。筆畫、筆順就像拼音文字的字母，它對我們記憶漢字的寫法，字與字之間的形態區別起着重要的作用。

3. 統一規範，促進學習

造成漢字困難的原因有時候不在於數量多寡的問題，而是標準不清的問題。《簡化字總表》和《異體字整理表》、《新舊字形對照表》一樣，其貢獻在於為社會提供明確的文字標準，促進了漢字的流通及學習。兩岸三地中，香港在漢字規範方面的工作有些不足。因為歷史原因，香港繁簡體並存，新舊字形兼用，加上政府推廣規範文字的力度不夠，導致社會上的漢字使用混雜不清，學習者可能會感到無所適從。

（二）簡化字的弊端

1. 一字多義

儘管漢字簡化後數目減少了，減輕了記憶漢字的負擔，但某些漢字賦予的義項增多了，使漢字一字多義的情況更加嚴重，如簡化字的「表」可以代替繁體的「錶」，因此，「表面」和「錶面」便不能區分。像「干衣店不实干，干衣不干净不如不干」這樣的句子輕則可能會影響閱讀速度，重則會使人誤會文字表達的意義。反對這種說法的人認

為繁體字系統也有同樣的問題，如繁體字當、長、樂、惡、調、乾本身都是一字多音，讀者也要靠前文後理去判斷文字的義項。

2. 割裂漢字發展的歷史

有一種評論認為漢字簡化後會割裂漢字發展的歷史，使象形字不再象形，會意字不再會意，如「愛」的簡化字為「爱」，有評論認為無心不成「愛」。「馬」是象形字，甲骨文的字體為「𩰬」，簡化字採用草書字體，和馬的外形已相去甚遠，失去了象形的功能。「門」也是象形字，簡化後的寫法「门」不再象形。反對這種說法的人認為，文字和圖畫不同，它具有一定的符號性，漢字發展到今天已經失去古文字的形態，但並不影響其傳意功能。今天，就算是繁體字使用者也很難確定文字的出處或來源，「燕、石、華、云」都是象形字，但一般人很難判斷字與實物形態之間的關係。

3. 符號的隨意性

某些簡化字的字符使用頻率很高，甚至有濫用的情況，如「又」，它可以代替最少九種繁體部件，組成「对、权、圣、双、仅、难、邓、鸡、轰」等簡化字，這種符號的代替往往不成規律，如「謹、勤」不能寫成「议、劝」。其他例子如「军（軍）、运（運）」；「拟（擬）、痴（癡）、疑」；「赏（賞）、尝（嘗）、偿（償）」，由於它們的簡化方式不同，即便代替的繁體字符一樣，甲字使用的簡化字符乙字未必適用。反對簡化字者認為，這種部件代替缺乏嚴謹的科學關係，反映了簡化方式的隨意性很強。然而，讚成簡化字的人則認為只有先學習繁體字的人才會持這種觀點，如果我們先學習簡化字或只有簡化這套文字系統，就不會出現繁簡字體對應的問題，看到「又」，就不會聯想到「坙、茣、卽、佳、堇、莫、登、奚、車」等字形。

（三）總結

簡化字孰好孰壞見仁見智，但漢字存在問題是不爭的事實，如常用詞「挑釁、開鑿」中的「釁、鑿」，其筆畫和結構難以辨清，不利於學習及使用。文字是傳意溝通的工具，也是文化傳承的載體，一套標準清晰，易於學習、使用的文字系統，不但有助於信息方面的傳達，更能發揚民族文化。抱殘守缺，一味抹殺簡化字的貢獻明顯是不對的。在電腦、手機輸入逐漸取代鋪紙濡墨的現代社會，如何配合科技發展，科學客觀地處理文字問題，是文字能否吐故納新，補缺去弊的關鍵。

九、課後練習

（一）把以下繁體字轉換為簡化字

1.《月下獨酌》　　李白

花間一壺酒　獨酌無相親
舉杯邀明月　對影成三人
月既不解飲　影徒隨我身
暫伴月將影　行樂須及春
我歌月徘徊　我舞影零亂
醒時同交歡　醉後各分散
永結無情遊　相期邈雲漢

（二）把下列的繁體字轉換為簡化字，並分析其簡化方式。

論	_____	鄉	_____	廟	_____	攙	_____
憶	_____	親	_____	買	_____	饞	_____
歷	_____	邊	_____	賣	_____	讒	_____
進	_____	術	_____	續	_____	徑	_____
藝	_____	構	_____	壇	_____	嶼	_____
選	_____	溝	_____	鮈	_____	壽	_____
達	_____	購	_____	奪	_____	敵	_____
認	_____	專	_____	織	_____	獻	_____
響	_____	歡	_____	萬	_____	顧	_____
處	_____	襪	_____	癆	_____	驢	_____
離	_____	賓	_____	懲	_____	變	_____
氣	_____	業	_____	適	_____	墳	_____
號	_____	糧	_____	鳥	_____	樓	_____
啟	_____	幾	_____	義	_____	燭	_____

小思考：你認為漢字簡化後出現意義混淆的機會大嗎？為甚麼？

練習答案

（一）把以下繁體字轉換為簡化字

《月下独酌》 李白

花间一壶酒　独酌无相亲

举杯邀明月　对影成三人

月既不解饮　影徒随我身

暂伴月将影　行乐须及春

我歌月徘徊　我舞影零乱

醒时同交欢　醉后各分散

永结无情游　相期邈云汉

（二）把下列的繁體字轉換為簡化字，並分析其簡化方式。

論	论	鄉	乡	廟	庙	攙	搀
憶	忆	親	亲	買	买	饞	馋
歷	历	邊	边	賣	卖	讒	谗
進	进	術	术	續	续	徑	径
藝	艺	構	构	壇	坛	嶼	屿
選	选	溝	沟	齣	出	壽	寿
達	达	購	购	奪	夺	敵	敌
認	认	專	专	織	织	獻	献
響	响	歡	欢	萬	万	顧	顾
處	处	襪	袜	癥	症	驢	驴
離	离	賓	宾	戀	恋	變	变
氣	气	業	业	適	适	墳	坟
號	号	糧	粮	鳥	鸟	樓	楼
啟	启	幾	几	義	义	燭	烛

第四章
現代漢語語法基礎

一、現代漢語語法概說

（一）現代漢語的語法特點

現代漢語在語法方面主要有以下四個特點[4]：

1. 語序和虛詞是主要語法手段

不同於印歐語系的語言，現代漢語表達語法意義不是靠形態變化，而是利用語序和虛詞這兩種手段。例如「來客人了」與「客人來了」，因語序不同，所表達的意思也不一樣。又如「我正在看電影」與「他們明天看電影」，不管動作的發出者是單數還是複數，也不管動作進行的時間是現在還是將來，動詞「看」都沒有形態變化。現代漢語通過虛詞中的動態助詞來表達時態。例如，「吃了」中的「了」表示動作「吃」已經完成；「吃着」中的「着」表示動作正在進行；「吃過」中的「過」表示動作曾經發生。

2. 詞、短語、句子的構造原則一致

語素組合成詞，詞組合成短語，詞或短語組合成句子，都有聯

4　黃伯榮、廖序東主編：《現代漢語（上冊）》（北京：高等教育出版社，2007年），頁 7-8。

合、偏正、主謂、動賓、補充這五種基本的結構關係。例如詞「地震」、短語「身體健康」和句子「航班起飛了。」在結構上都屬於主謂結構。

3. 詞類與句法成分的對應關係複雜

漢語的詞類與句法成分不是簡單的對應關係。名詞基本都能充當主語，但主語不一定都是名詞。例如，「香港是我家。」這個句子中，「香港」是名詞，是句子的主語。「誠實很重要」中，「誠實」是主語，但是個形容詞。同樣的，漢語的動詞或形容詞通常是作謂語，但謂語不都是動詞或形容詞。如「今天星期一」中，「星期一」是謂語，但是個名詞。

4. 量詞豐富

漢語中有豐富的量詞，用來表示事物的計量單位，這也是漢語有別於印歐語系語言的一大特點。如「一**張**照片」、「一**封**家書」、「一**輛**貨車」、「一**支**鉛筆」、「一**條**線索」等。

（二）語法及語法的性質

語法是一種語言中詞的構成和變化的規則以及組詞成句的規則的總和。詞的構成和變化規則是詞法，組詞成句的規則叫做句法。

語言是不斷發展變化的，無論是語音、詞彙還是語法都會隨着時間的推移而演變。但是相對來說，語言的語法演變要比語音詞彙的演變緩慢得多。因此，語法具有一定的穩定性。

（三）現代漢語的基本語法單位

現代漢語的語法單位一般可以分成四個層級：語素、詞、短語（詞組）、句子。語素是最小的語言單位，是最小的語音和語義的結合體，是構成詞的基本單位；詞是由語素組成的能獨立運用的最小語言

單位，是構成短語及造句的基本單位；短語是由兩個或兩個以上的詞構成的語言單位，所以也叫做詞組，是造句的單位；句子是由詞或短語直接構成的最小的表達單位，具有一個句調，可以表達一個完整的意思。

二、語素和詞

（一）語素

1. 定義

語素是最小的語言單位，是最小的語音和語義的結合體。一個語素既有一定的語音形式，也表達一個完整的意義。例如「筆」是一個語素，它的語音形式是 bǐ（普）/ bat1（粵）[5]，它表達的意義是「寫字畫圖的工具」；「葡萄」是一個語素，其語音形式是 pútɑo（普）/ pou4tou4（粵）[6]，表達的意義是「落葉藤本植物的果實」。這裏需要注意的是，單獨的「葡」或「萄」都不是語素，因為單獨一個「葡」或單獨一個「萄」都沒有完整的意義。

2. 語素與音節

在學習語素時，要了解語素與音節的關係。單音節語素是漢語語素的基本形式，其語音形式是一個音節，寫出來是一個漢字，例如「人」、「車」、「走」、「好」等。漢語中也有不少雙音節語素，在語音

5　黃錫凌：《粵音韻彙》電子版（香港：香港中文大學，1996 年），http://humanum.arts.cuhk.edu.hk/Lexis/Canton/

6　黃錫凌《粵音韻彙》電子版（香港：香港中文大學，1996 年）。http://humanum.arts.cuhk.edu.hk/Lexis/Canton/

形式上是兩個音節，寫出來是兩個漢字，如「葡萄」、「逍遙」、「鞦韆」、「靦腆」、「咖啡」。漢語中還有一些多音節語素，大多來自音譯詞，如「馬拉松」、「奧林匹克」。

（二）詞

1. 定義

詞是由語素組成、能獨立運用的最小語言單位，是構成短語和句子的基本單位。詞和語素的分別在於能否在短語或句子中獨立運用。甚麼是獨立運用呢？獨立運用包括兩方面意思。一是指能單獨成句，凡是可以單獨成句的語素本身就是詞。例如「我」這個語素可以在下面的語境中單獨成句：

問：誰是大學生？
答：我。

所以「我」既是語素也是詞。再如：

問：你看電影嗎？
答：看。

「看」也可以單獨成句，是詞。獨立運用的另一個意思是指有些語素雖然不能單語成句，但是可以獨立自主地跟別的語言單位進行組合，這樣的語素本身也是詞。如：

我下午再來吧。

這句話中的「再」和「吧」都不能單獨成句，但是它們可以各自獨立與其他語言單位組合：

再說一遍、再想想

去吧、走吧

所以「再」和「吧」都是詞。

2. 詞類概況

按照詞的功能和意義來分類的話，詞又可分為實詞和虛詞兩類。簡單來說，實詞的意義實在，既有詞彙意義也有語法意義，而且實詞都能充當句子成分，如「我」、「主張」、「舒暢」。虛詞則只有語法意義，即表示語句中實詞與實詞之間的相互關係或表示句子的語氣，如「和」、「從」、「為」、「嗎」。

實詞：名、動、形、數、量、代、副。

虛詞：介、連、助、歎詞和擬聲詞。

3. 實詞

實詞有相對實在的詞彙意義和語法意義，可以充當句子成分，表達一定的語義。根據意義及語法功能，實詞可以分為名詞、動詞、形容詞、代詞、數詞、量詞、副詞等小類。

名詞

名詞表示人、事、物或時、地的名稱。如：

表示人、事、物：手機、照片、新聞、空氣、土壤、概念、思維

表示處所：香港、九龍、新界、校園、周圍

表示時間：夏天、早晨、現在、從前

表示方位：前、後、裏、外、上面、兩側

名詞通常可以受數量短語修飾，比如「一部手機」，「一張照片」。多數情況下，名詞不能受副詞修飾，比如不能說「＊不新聞」，「＊不

校園」[7]。只有在使用修辭的情況下，名詞才能受副詞修飾，如「很香港」，「人不人，鬼不鬼」。

動詞

動詞主要表示動作行為以及心理活動，也表示存在、變化、消失等。如：

> 表示動作：跑、跳、朗讀、實施、學習
>
> 表示心理活動：想、認為、討厭、喜歡、羨慕
>
> 表示存在變化：在、發生、有、演變
>
> 表示情態能願：會、能、願意、應該、要、敢
>
> 表示趨向行為：來、去、起來、過去、過來
>
> 表示判斷：是

動詞一般可以受副詞修飾，如「不看」、「立刻去」、「總學習」等，只有表示心理活動和部分表示能願的動詞可以受程度副詞修飾，如不說「很看」、「非常去」等不合語法的表達，但可以說「很羨慕」、「非常討厭」。

大多數動詞都可以重疊，表示動作進行的時間短或頻率低，有時也有嘗試的意思，比如「走走」、「看看」、「研究研究」。單音節動詞的重疊式為 AA 式，雙音節動詞的重疊式為 ABAB 式。

大部分動詞後面都可以帶動態助詞「着」、「了」、「過」，分別表示動作行為的持續完成和經歷，如「聽着音樂」，「交了報告」，「寫過小說」。

7　＊號表示不合語法，後文中此符號用途亦如此。

形容詞

形容詞主要表示人、事、物的性質狀態及動作進行的狀況。如：

> 表示性質：大、小、好、壞、快、慢、強大、勇敢、
>
> 表示狀態：筆直、紅彤彤、綠油油、雪白、漆黑

表示性質的形容詞一般都能受「很」、「非常」等程度副詞修飾，如「很大」、「非常快」、「十分強大」。表示狀態的形容詞本身已經包含了程度的意思，因此不再受程度副詞的修飾。

數詞

數詞表示數目或次序。如：

> 基數詞：一、二、三、四
>
> 序數詞：第一、第二、第三；初一、初二、初三；

數詞一般不能直接修飾名詞，須與量詞構成數量短語才可以作定語修飾名詞性的成分，例如「一張照片」，「一封信」，不能說「一照片」、「一信」。

量詞

量詞表示事物或動作的計量單位。如：

> 名量詞：支（一支筆）、條（一條路）、篇（一篇文章）、張
> （一張紙）
>
> 動量詞：次（看三次）、遍（走一遍）、趟（去一趟）、回（玩
> 一回）

有些量詞是臨時借用而來的，如「一杯水」、「一車垃圾」中的量詞借自名詞。

量詞通常跟數詞組合構成數量短語，可以在句子中修飾名詞性或

動詞性的成分，也可以附着在動詞後面，作動詞的賓語或補充説明動作的頻率。如「一條路」，「一把拉住我」，「買了三本」，「看了三遍電影」。

代詞

代詞有指稱替代的作用，一般分為人稱代詞、指示代詞和疑問代詞。

人稱代詞：你、我、他、你們、我們、他們、人家

指示代詞：這、那、這些、那些

疑問代詞：誰、甚麼、哪、多少、怎樣

除了代替或指示某個具體的人、事、物外，有些代詞有任指或虛指的特殊用法。任指表示説話內容範圍內的任何人事物，虛指指代的是不確定的人、事、物。比如「誰不知道這個人來頭不小啊？」，「他甚麼都吃。」中的「誰」，「甚麼」都是表示任指，「殺他一個猝不及防」中的「他」是虛指。

副詞

副詞主要修飾限定動詞、形容詞性的詞語，表示程度、範圍、頻率、時間等。

表示程度：很、最、太、非常、特別、尤其、十分、稍微

表示範圍：都、總、只、一概、完全、單單

表示時間頻率：再、又、正在、屢次、剛剛、馬上、曾經、
　　　　　　　已經、從來

表示肯、否定：不、別、不必、必須、的確

表示情態：親自、連忙、陸續、竭力

表示語氣：卻、倒、竟、偏偏、簡直、難道、也許、大概

副詞主要用來修飾動詞形容詞，在句子中作狀語，而且只能作狀語。如「總學不會」，「正在開會」，「必須檢討」，「很認真」。

大部分副詞都不能單獨成句，如：

甲：明天再來嗎？

乙：＊再。

上述對話中，乙的回答不合語法。單獨一個「再」不能直接用於回答，必須跟動詞搭配才可以成句使用。

4. 虛詞

虛詞沒有詞彙意義，只有語法意義，是漢語的主要語法手段之一，用來表示時態、連結或引介句法成分、表達語氣，因此虛詞也看作功能詞。漢語的虛詞主要有介詞、連詞、助詞、歎詞和擬聲詞。

介詞

介詞是虛詞中重要的一類，主要依附在實詞或短語前面，與之構成介詞短語，表明跟動作行為、性狀有關的時間、處所、方式、原因、目的等。

指明施事、受事、受益者：被、叫、把、替

指明處所、時間、方位：自、從、在、於

指明目的、方式、手段、憑據：為、按着、根據、依照

指明伴隨和比較：和、跟、同、比

表示關涉：關於、至於、對於

介詞通常跟實詞組合成介詞短語，說明與動作行為相關的對象、時間、處所等。如「從樓上跑下來」、「跟他一起去」中，介詞短語「從樓上」引介動作「跑」的起點，「跟他」說明動作「去」的伴隨對象。

連詞

連詞顧名思義是起連接作用的虛詞，用來連結詞、短語和句子等，表示並列、選擇、轉折等關係。

連結詞和短語：和、跟、及、同、並、以及

連結句子：不但…而且、或者…或者、與其…不如、

　　　　　如果…就、即使…也、因為…所以、雖然…但是

連結詞短語句子：而、或、或者、並且

助詞

附着在實詞上，表示結構關係或動態等語法意義。常用的助詞如：

結構助詞：的、地、得

時態助詞：了、着、過

比況助詞：似的、一般

結構助詞「的」、「地」、「得」的語音形式都是 de，分別用來表示名詞和其修飾語、動詞或形容詞和它們的修飾語、動詞或形容詞和它們的補充成分之間的結構關係，如「美麗的校園」，「緩慢地行走」，「過得很充實」。時態助詞「了」、「着」、「過」主要是附着在動詞後，表示動作行為的完成、持續和經歷，如「寫了」，「看着」，「去過」。比況助詞一般附着在名詞動詞形容詞後，表示比喻或比擬，例如「病了似的」，「雕塑一般」。

擬聲詞

模擬聲音的詞叫擬聲詞。如：

呼呼、嘩啦、唧唧喳喳

歎詞

歎詞主要表示感歎、呼喚或應答等意義。如：

哎呀、唉、啊、喂

歎詞的獨立性很強，一般不跟其他語言單位產生結構關係，通常只做獨立語或獨立成句。如「喂！你快過來！」，其中歎詞「喂」就是獨立語。

此外，語氣詞也是虛詞，語氣詞的作用在於表示陳述、疑問、祈使和感歎語氣，主要用於句子末尾。常見的語氣詞有「呢」、「嗎」、「吧」、「啊」等。

5. 詞的兼類

詞的兼類概說

當一個詞具備兩種或兩種以上詞類的語法特點，而在詞彙意義上沒有明顯改變時，我們稱這個詞為兼類詞或兼顧詞。詞的兼類在漢語中十分常見。比如在「這些代表沒有資格代表我們」中，第一個「代表」是名詞，具有名詞的語法特點，可以受指示代詞「這些」修飾，第二個「代表」是動詞，具備動詞的特點，能夠帶賓語「我們」，無論是作名詞還是動詞，「代表」的詞彙意義並沒有改變，因此「代表」兼作名詞和動詞。

以下是常見的兼類詞：

兼名詞、動詞：編輯、創作、總結、計劃

兼名詞、形容詞：困難、精神、經濟、道德、標準、科學

兼動詞、形容詞：團結、豐富、繁榮、端正、充實、方便、
　　　　　　　　明確

需要注意有些一詞兩用或多用的情況不屬於兼類，比如「會用電腦」中的「會」和「開會」中的「會」不是兼類，「會用電腦」的「會」表示能力技能，「開會」的「會」表示一種討論形式，兩個詞在詞義上沒有任何聯繫，所以這兩個「會」不是兼類詞。

介詞與動詞兼用

現代漢語中的介詞是由動詞虛化而來，有的介詞還保留着一些動詞的用法，在有些情況下當動詞來使用。一個詞甚麼情況下是動詞，甚麼情況下是介詞，主要看它是否作謂語的中心語，動詞大多都能充當謂語的中心語，但介詞不可以。例如：

　　a1. 他在家。
　　a2. 他在家讀書。

「在」這個詞在 a1 中是句子的謂語中心語，是動詞；a2 中「在」不是謂語的中心語，不是動詞，謂語中心語是「讀」，「在」用來引介「讀」這個動作發生的處所，是介詞。

介詞與連詞兼用

現代漢語中，某些連詞也具備介詞的用法，二者存在區分問題。比如：

　　b1. 我和她都參觀過莫奈的畫展。
　　b2. 我曾經和她參觀過莫奈的畫展。

「和」在上面兩句中的用法不同，b1 中的「和」是連詞，「我」跟「她」的位置互換後，句子意思沒有改變。b2 中的「和」是介詞，引介動作「參觀」的伴隨對象，如果「我」和「她」的位置對調，句子的意思就會改變。

三、短語

　　短語是意義和語法上能搭配但沒有句調的一組詞，也叫詞組，是大於詞而又不成句的單位，也是造句的基本單位。大部分短語加上句調後就成為句子。

　　短語由詞構成，我們可以根據短語中詞與詞的結構關係把短語分成聯合短語（其中可細分為並列、選擇、遞進等關係）、偏正短語、主謂短語、動賓短語和中補短語，舉例如下：

　　主謂短語：陽光燦爛　明天星期三

　　動賓短語：學習語法　看電視

　　偏正短語：晚間新聞　馬上回來

　　中補短語：看了一次　高興極了

　　聯合短語（並列關係）：調查研究　聰明伶俐

　　除了上述這幾種主要的短語類型，還有以下一些類型：

　　連謂短語：出去走走　上山採藥

　　兼語短語：請他進來　有人不讚成

　　同位短語：我們大家　船長老張

　　方位短語：大門外　房間裏

　　介詞短語（介詞附着在名詞等詞語前）：

　　　　　　比我（高）　被老師（批評了）　把衣服（洗洗）

四、句子

(一) 句子的定義及類型

1. 句子的定義

句子是由詞或短語直接構成的表達單位，每個句子都有一定的句調，表達不同的語氣。相對於語素、詞和短語，句子是最大的語言單位。

2. 句子的類型

句子的結構類型

以結構作為標準來分類，句子可以分為單句和複句。單句通常由詞和短語構成，再加上句調和語氣等成分。複句由兩個或兩個以上的單句（分句）構成，再加上一個貫穿始終的句調。構成複句的分句在結構上相互獨立，在語義上相互依存。例如：

單句：民間團體非常關注重置皇后碼頭項目。

近年來，市民的文物保育意識有所提高。

複句：小朋友一看見飛機從頭頂飛過，就興奮地仰頭觀看。

只有對自己的工作充滿熱情，才能在工作中獲得滿足感。

根據能否分出主語和謂語兩個部分，單句又可分為主謂句和非主謂句。

主謂句：我喜歡看電影。

非主謂句：蛇！

走開。

在「我喜歡看電影。」這個句子中，主語部分是「我」，謂語部

分是「喜歡看電影」。而在「蛇！」「走開。」這兩個句子中，沒有所謂的主語和謂語。

句子的功能類型

一般來說，單句按照其表達功能可以分為陳述句、疑問句、祈使句和感歎句。

①陳述句

陳述句是敘述或說明事實的句子，可以表示肯定也可以表示否定。

　a1. 今天我看了三本書。

　a2. 張三不是大學生。

②疑問句

表示提問，具有疑問句調的句子是疑問句。

　b1. 張三是大學生嗎？

　b2. 今天你看了几本書？

③祈使句

向對方提出要求或命令的句子叫祈使句，表達讓對方做某事或不讓對方做某事。

　c1. 快走！

　c2. 把這三本書送給他。

④感歎句

表達強烈感情的句子稱為感歎句，表示快樂、哀傷、讚美、厭惡等情感。

d1. 太美了！

d2. 真討厭！

（二）句法成分

句法成分是句法結構的組成成分，是按照句法結構內部組成單位之間的語法結構關係確定的。[8] 下面主要講解主語、謂語、賓語、補語、定語、狀語這六種主要的句法成分。為了更清楚地解釋賓語、補語、定語和狀語，本節也會引入述語和中心語這兩個概念作為輔助。

1. 主語和謂語

主語和謂語表示陳述關係，主語是句子陳述的對象，謂語是對主語的陳述說明，說明主語怎麼樣或主語是甚麼。在漢語中，主語一般出現在謂語的前面。例如：

小新 ‖ 吃漢堡包。

今天的天氣 ‖ 很好。

廉潔 ‖ 最重要。

主語的類型

①主語為名詞性詞語，包括時間、處所、數量

他的心情 ‖ 糟透了。

晚上 ‖ 有課。

路口 ‖ 有家便利店。

一行 ‖ 寫十五個字。

8　黃伯榮、李煒主編：《現代漢語簡明教程（下）》（香港：三聯書店有限公司，2014 年），頁 6。

②主語為動詞、形容詞性詞語

打籃球‖是他最喜愛的一項運動。
潮濕悶熱‖容易令人不適。

③主語為主謂結構

生命影響生命‖是非常重要的。

謂語的類型
①謂語為動詞、形容詞和狀態性成分

你‖說得太好啦。
天氣‖寒冷。
每個房間‖都乾乾淨淨。

②謂語是名詞或名詞性短語

明天‖聖誕節。

③數量詞作謂語

一打‖十二支。

④主謂結構作謂語

她這個人‖脾氣特別好。

2. 述語和賓語

述語和賓語表示支配與被支配的關係。賓語是對述語而言，述語通常由動詞充任，所以有時也叫做動語。賓語在述語的後面，是述語動詞支配、制約或關涉的對象。

政府要妥善解決水貨客的問題。

這個國家逐漸成了一個被世界遺忘的孤島。

「水貨客的問題」是動作「解決」的對象，受「解決」的支配，是賓語；同樣地，「一個被世界遺忘的孤島」是動詞「成」的賓語。賓語一般都能夠回答「做甚麼？」這個問題，把不同的動詞代入這個問題，對該問題的回答就是相關動詞的賓語。如第一句，問「解決甚麼？」，回答是「水貨客的問題」，所以「水貨客的問題」就是「解決」的賓語。第二句同理。

賓語的類型

①名詞賓語：由名詞或名詞性成分充當的賓語

表示動作或行為的對象

他正在看電視。

小明剛剛提交了報告。

表示動作行為的發出者

家裏來客人了。

我得曬曬太陽。

表示動作或行為的處所起點或終點

列車準點離開了紅磡車站。

她剛剛到了香港。

表示主語的類別

簫是一種樂器。

鋁屬於輕金屬。

複指主語

　煙戒了它吧！

②數量賓語：由數量結構充當的賓語，表示主語的數量

　書只看了三本。
　小評論寫了三篇。

③動詞或謂語性賓語

　大家準備集合！
　我相信你會這樣做。

3. 述語和補語

　前面講過述語通常由動詞充任，有時述語也由形容詞充當。補語是放在述語（簡單來說是動詞或形容詞）後面，補充說明動作進行情況、結果、頻率或者性狀程度的成分，例如「洗乾淨」、「走得很快」、「紅得發紫」，「乾淨」補充說明動作「洗」的結果，「很快」補充說明動作「走」進行的狀態，「發紫」說明性狀「紅」的程度。補語可以由單詞充任，也可以由短語充任，例如看完、拿來、洗得乾淨、笑得肚子疼，其中「肚子疼」是短語充任補語。

補語的類型
①結果補語：表示動作行為的結果

　變＜好＞、拉＜緊＞、聽＜懂＞、學＜會＞

②趨向補語：表示動作的趨向

　走＜出去＞、跑＜進來＞、拿＜出來＞

有時趨向補語並不表示動作的實際趨向，例如：

　想＜起來＞一件重要的事。

　讓他說＜下去＞。

③可能補語：動詞和補語之間插入「得」或「不」，表示「能怎麼樣」或「不能怎麼樣」

　分得＜清＞、聽＜不懂＞

④程度補語：表示述語所達到的程度或狀態

　他的工作做得＜細緻＞。

　天氣熱＜極＞了。

　悶得＜慌＞、好得＜不得了＞

　髒得＜要死＞、熱得＜夠嗆＞

⑤由介詞短語充任補語

　一直等＜到今天＞。

　老頭蹲＜在院裏＞。

⑥數量補語：表示動作的量或頻率

　我去了＜一趟＞澳洲。

　他已經休息＜兩回＞了。

　小明又看了＜一眼＞手錶。

4. 定語和狀語

定語和狀語均屬於修飾語，修飾句子中的不同成分。

定語是句子中修飾、限制名詞、名詞短語的成分。被定語修飾限

制的名詞或名詞短語叫做中心語。定語一般都放在中心語的前面，二者之間一般可以加結構助詞「的」。例如：

修飾性定語：（勇敢的）探險家　（嘹亮的）嗓音
限定性定語：（香港的）美食　　（我的）書

　　狀語是句子中修飾動詞、形容詞的成分，表示動作進行的時間、處所、方式、範圍、性質、狀態等。被修飾的動詞或形容詞是狀語的中心語。狀語多由副詞、形容詞、介詞結構和某些表示時間、處所的名詞充當。例如：

他［努力地］學習中文。
陳經理［憤怒地］走出會議室。
街上［非常地］清靜。
時間［一分一秒地］過去了。
他［在圖書館門口］等你。

　　非動詞、形容詞性的謂語中心語也可以受狀語修飾，如：

不多不少，［剛好］五個。
這本書寫得［不］怎麼樣。

定語的類別
名詞、代詞、形容詞可以直接作定語，例如：

（木頭）房子、（我）弟弟、（新）書

數量詞作定語，後面一般不加「的」，例如：

（三個）人、（兩種）意見、（五件）衣服

單音節動詞作定語時，後面必須加「的」，例如：

（看的）人、（吃的）水果、（寫的）文章

定語和它所修飾的中心語所指的內容是相同的，例如：

（你們）立法會、（我們）學院、（梁德榮）院長

多層定語

定中結構整體加上定語可形成多層定語。例如「一張泛黃的舊照片」中，「舊」是中心語「照片」的定語，「泛黃的」是定中結構「舊照片」的定語，「一張」是定中結構「泛黃的舊照片」的定語。分析如下：

（一張）（泛黃的）（舊）照片

狀語的類別

①副詞都能做狀語

［剛］走、［再］研究一下、［馬上］去、［很］靜

單音節副詞作狀語大都不帶「地」。

②形容詞能作狀語，但不自由。例如：

［快］說、［慢］走、［輕］放等。

能直接作狀語的形容詞不多，常見的如：

［認真］學習、［仔細］觀察、［經常］來往、［突然］回來了、［公開］道歉

③狀態詞都能作狀語，例如：

［輕輕地］放下、［慢慢地］走過來、［端端正正地］坐着

④數量詞作狀語，只限表示動作的數量詞，例如：

他［一把］拉住了脱了韁的馬。

他［一眼］就看穿了那傢夥的陰謀。

⑤介詞結構經常充任狀語，表示處所、時間、目的、方式或與動作有關係的人或物等，例如：

［在廣州］開會

［從明天］開始

［用鋼筆］寫字

［比我］做得好

［跟政府］打交道

多層狀語

狀中結構整體加上狀語，就會形成多層狀語。例如「熱情地同他交談」中，「同他」是介詞短語作「交談」的狀語，「熱情地」作狀中結構「同他交談」的狀語。分析如下：

［熱情地］［同他］交談

（三）句子成分分析法

通過分析句子中的六大句法成分（主、謂、賓、定、狀、補），說明句子裏實詞與實詞組合的結構關係，進而理解句子的結構格式、結構規律和句子的意思。分析時要求找出中心詞及其附加或連帶成

分，只有找到中心詞，才算找到了句子成分。

1. 程序

①先按邏輯語義關係把句子分為主語部分和謂語部分，然後分別找出這兩個部分的中心詞；

②主語部分的中心詞和謂語部分的中心詞可看作句子的基本成分 —— 主語及謂語；

③找出主語和謂語中心詞的連帶成分；

④最後按找出的句子成分總結句子的格局。

2. 符號運用

分析句子成分常用符號有：

①用「‖」把主謂隔開，「‖」之前是主語，之後是謂語

②在主語中心詞下邊劃「＝」，謂語中心詞劃「——」，賓語中心詞劃「﹏」，定語用「( )」表示，狀語用「〔〕」表示，補語用「＜＞」表示

3. 分析舉例

以「他們的眼睛緊張地盯着電視機的熒幕。」為例：

①分主語部分和謂語部分

他們的眼睛 ‖ 緊張地盯着電視機的熒幕。

②分別找出主語部分與謂語部分的中心詞

他們的<u>眼睛</u> ‖ 緊張地<u>盯</u>着電視機的熒幕。

③找出主語和謂語中心詞的連帶成分

（他們的）<u>眼睛</u> ‖ 〔緊張地〕<u>盯</u>着（電視機的）熒幕。

④總結句子的結構格局

定語—主語‖狀語—謂語—定語—賓語

（四）句法成分的幾點說明

1. 各種句法成分的語序是怎麼樣的？

現代漢語中，主語通常在謂語之前，賓語和補語都在述語之後，定語在其中心語的前面，狀語同樣也是在其中心語之前。

2. 定語和狀語的區別是甚麼？

二者均是修飾語，但是定語的中心語一般是名詞，而狀語的中心語一般是形容詞或動詞。定語和中心語之間的標記是「的」，而狀語和中心語之間的標記是「地」。

（我的）書、（美麗的）課本
［飛快地］奔跑、［十分地］漂亮

但定語和中心語之間、狀語和中心語之間不一定有標記。比如：

一本書、柿子樹
很慢、快走

3. 定語、狀語和補語的標記各是甚麼？

定語的標記是「的」，狀語的標記是「地」，補語的標記是「得」，補語補充說明的可以是動詞或形容詞，絕不可能是名詞。如：

跑得＜飛快＞
急得＜像熱鍋上的螞蟻＞
高興得＜跳起來了＞

其中，跑是動詞，急和高興是形容詞。補語標記也可以不存在：

忙＜死＞了

走＜慢點＞

4. 主謂短語可以作主語或謂語嗎？

主謂短語可以作主語或謂語。比如「兩國總統互訪意義重大。」中，「兩國總統互訪」是句子的主語，「意義重大」是句子的謂語，主語本身也是一個主謂短語，「兩國總統」是主，「互訪」是謂，謂語也是一個主謂短語，「意義」是主，「重大」是謂。

5. 補語和賓語的區別是甚麼？

賓語和補語有三個區別。

首先，二者的標記不同，有「得」字一般是補語。例如「長得漂亮」，「高興得眼淚都流出來了」，「漂亮」是「長」的補語，「眼淚都流出來了」是「高興」的補語。但需要注意的是「獲得豐收」、「覺得好看」、「顯得沉重」、「值得去」中的「得」是詞的一部分，不是補語標記，也就是說「獲得」、「覺得」、「顯得」和「值得」都分別是詞，不能拆開。

其次，二者跟動詞或形容詞的語義關係不同。能回答「Ｖ甚麼」的是賓語，能回答「Ｖ得怎麼樣」的是補語。例如「寫好了作業」，能回答「寫甚麼」的是「作業」，所以「作業」是「寫」的賓語，回答「寫得怎麼樣」的是「好」，因此「好」是「寫」的補語。

第三，充當賓語的成分和充當補語的成分，它們的詞性不同。賓語主要由名詞性成分充當，也可以是謂詞性的（主要是動詞性和形容詞性）。但補語一般都是謂詞性的。例如：

吃飯 vs. 吃飽；

寫字 vs. 寫錯；

喜歡看電視 vs. 喜歡極了

「飯」是「吃」的賓語，是名詞，「飽」是補語，是形容詞，是謂詞性的。

6.「讀了一本書」和「讀了一遍書」的分析一樣嗎？

這兩個短語的分析不一樣。「讀了一本書」中的「一本」是修飾書的，是「書」的定語；「讀了一遍書」中的「一遍」是補充說明「讀」的頻率的，是「讀」的補語。

（五）特殊句式：「把」字句

「把」字句是現代漢語口語和書面語中使用頻率很高的一類句式，而粵語中沒有「把」字句[9]，因此粵語區的同學在使用這一句式的時候會遇到一些疑問。本節重點講解「把」字句的語法特點，希望幫助同學掌握使用「把」字句的要點，避免寫出不合語法的句子。

1. 定義

「把」字句的基本格式為「甲把乙怎麼樣」，在謂語動詞前面用介詞「把」引出受事（動作的接受者）。在意念上主要表示對人或事物的處置。比較下面兩個句子：

我吃了一個蘋果。

我把蘋果吃了。

---

[9]　粵語中雖有「將」字句，其語法結構及作用與「把」字句相類似，但是二者在語法及語義上仍有一些區別，不能隨意變換。例如「這本書把我看得頭昏眼花」，粵語不能使用「將」字表達，而是說「呢本書睇到我頭暈眼花」。另外，在口語中粵語更傾向不使用「將」字句，如「你再諗吓佢番說話」，一般很少會說成「你再將佢番說話諗吓」。

句 a 是要告訴聽話人「我」吃了些甚麼，句 b 是要告訴聽話人「我」怎麼處置那個蘋果。

2.「把」字句的語法特點

「把」字句中的謂語動詞必須是及物的，即這個動詞必須能夠支配「把」字後面的賓語。

例如「把信寄了」中，「寄」可以支配「信」，可以說「寄信」。「他把一個昏迷了五個多小時的病人清醒過來。」這個句子不應用「把」，因為「清醒」不是及物動詞，不能說「清醒病人」。

「把」字句裏，謂語動詞不能是單個的動詞，必須是較複雜的動詞結構，它有以下幾種重要的表現形式：

①可以是動詞重疊式

把玻璃擦擦
＊把玻璃擦（錯誤用法）

把孩子哄哄
＊把孩子哄（錯誤用法）

把數目核對核對
＊把數目核對（錯誤用法）

②動詞前面可以有副詞「一」

把東西一放
＊把東西放（錯誤用法）

把眼睛一閉
＊把眼睛閉（錯誤用法）

③動詞前面可以有介詞結構做狀語

把桌子〔往上〕抬

把你〔當自己人〕看

把貨物〔往南邊〕運

④動詞後面可以有補語

把計劃打＜亂＞

把行李整理＜好＞

把書還＜回去＞

⑤動詞後面可以有助詞「着」或「了」

把引擎開着

把茶杯洗了

⑥動詞後面不能直接帶賓語

把大門上了鎖

＊把大門上鎖（錯誤用法）

把手套丟了一隻

＊把手套丟一隻（錯誤用法）

謂語動詞要能對受事，即介詞賓語有影響，發揮作用，因此，謂語動詞不能是「是、有、能、去」等。

去了上海

＊把上海去了（錯誤用法）

有了知識

＊把知識有了（錯誤用法）

「把」字短語和動詞之間不能加「能、會、應該」等能願動詞。

能把衣服洗乾淨

＊把衣服能洗乾淨（錯誤用法）

否定形式：否定成分一般位於「把」字之前

別把孩子抱回去

＊把孩子別抱回去（錯誤用法）

不要把瓶子灌滿

＊把瓶子不要灌滿（錯誤用法）

五、課後練習

（一）語素練習

1. 判斷下列哪組字可以做語素？為甚麼？

甲：人、車、我、好、看、用、各、躬

乙：垃、圾、橄、欖、蜻、蜓、葡、萄

2. 分析下列句子中的語素和詞。

① 我喜歡坐在沙發裏喝可樂看球賽。

② 大家學哲學。

（二）詞類練習

1. 區分名詞、動詞、形容詞

先進　進行　進展　效能　見效　效法
充裕　充滿　冒充　同意　同感　相同
明朗　明白　明天　觀點　觀察　美觀

2. 區分名詞、副詞

早上　平時　向來　時常　馬上
現在　目前　即將　最近　立刻

3. 判斷下列句子中加底線的詞的類別

① 他給我一本書。

② 他給我買書。

③ 火車到站了。

④ 你比我高。

⑤ 我跟他一起去。

⑥ 我就跟他去。

⑦ 我和他是好朋友。

⑧ 我要和他搞好關係。

⑨ 這件事在方式上還可以研究。

⑩ 他在客廳，我在廚房。

⑪ 他在看書。

（三）句子成分分析練習

1. 試分析以下句子的主語和謂語。

① 明天星期一。

② 公正廉潔是公職人員的行為準則。

③ 認真地學習是對的。

④ 兩國總統互訪意義重大。

⑤ 踢足球給了他很多樂趣。

2. 試分析以下句子的述語和賓語。

① 這個房間有二十平方米。

② 他打破了一個茶杯。

③ 小紅終於露出了微笑。

④ 老張把這些錢給你們倆。

⑤ 不少人喜歡看韓劇。

3. 試分析以下句子的補語。

① 字又寫錯了。

② 痛快極了。

③ 老王講得眉飛色舞。

④ 小狗跳進去了。

⑤ 這件事大意不得。

4. 試分析下列短語中的定語和中心語

① 孩子脾氣

② 買的書包

③ 新發明的專門預防流感的疫苗

④ 一件重要的事

⑤ 一個藝術家的存在與價值

5. 試分析下列短語中的狀語和中心語

① 熱烈歡迎新同學

② 把大門關上

③ 已經被大家發現了

④ 認認真真地學習

⑤ 又偏偏不在家

6. 試分析以下句子中的定語或狀語。

① 為誰服務的問題很重要。

② 他會一巴掌打死你。

③ 這是一個原則問題。

④ 臉色陰沉地走了進來。

⑤ 學者們在休息室裏交談。

⑥ 這種變化值得關注。

⑦ 她有一雙水汪汪的大眼睛。

⑧ 小男孩委屈地哭了起來。

⑨ 她用照片記錄了黃土高原變成肥沃良田的美景。

⑩ 你快點出去吧。

7. 用成分分析法分析下列句子：

① CC 的學生特別勤奮。

② 她到了紅磡車站。

③ 我終於寫完中文科的讀書報告了。

④政府要妥善解決水貨客的問題。

⑤ 這個國家逐漸成了一個被世界遺忘的孤島。

(四) 下列句子對嗎？如何修改？

① 淘氣的弟弟把飯吃。

② 為甚麼把這件事不告訴老師？

③ 把這件事能告訴老師嗎？

④ 把房子有了后，我就會滿足了。

練習答案

（一）語素練習

1. 判斷下列哪組字可以做語素？為甚麼？

甲：人、車、我、好、看、用、各、躬

乙：垃、圾、橄、欖、蜻、蜓、葡、萄

答：甲組字可以做語素。每個字有讀音有完整的意義。

2. 分析下列句子中的語素和詞。

① 我喜歡坐在沙發裏喝可樂看球賽。

有 12 個語素：我、喜、歡、坐、在、沙發、裏、喝、可樂、看、球、賽

有 10 個詞：我、喜歡、坐、在、沙發、裏、喝、可樂、看、球賽

② 大家學哲學。

有 5 個語素：大、家、學、哲、學

有 3 個詞：大家、學、哲學

（二）詞類練習

1. 區分名詞、動詞、形容詞

先進（形）　進行（動）　進展（名）　效能（名）　見效（形）

效法（動）

充裕（形）　充滿（動）　冒充（動）　同意（動）　同感（名）
相同（形）

明朗（形）　明白（動 / 形）　明天（名）　觀點（名）　觀察
（動）　美觀（形）

2. 區分名詞、副詞

早上（名）平時（名）向來（副）時常（副）馬上（副）

現在（名）目前（名）即將（副）最近（名）立刻（副）

3. 判斷下列句子中加底線的詞的類別

① 他給我一本書。（動）

② 他給我買書。（介）

③ 火車到站了。（動）

④ 你比我高。（介）

⑤ 我跟他一起去。（連）

⑥ 我就跟他去。（介）

⑦ 我和他是好朋友。（連）

⑧ 我要和他搞好關係。（介）

⑨ 這件事在方式上還可以研究。（介）

⑩ 他在客廳，我在廚房。（動 / 動）

⑪ 他在看書。（副）

(三) 句子成分分析練習

1. 試分析以下句子的主語和謂語。

① 明天 ‖ 星期一。
② 公正廉潔 ‖ 是公職人員的行為準則。
③ 認真地學習 ‖ 是對的。
④ 兩國總統互訪 ‖ 意義重大。
⑤ 踢足球 ‖ 給了他很多樂趣。

2. 試分析以下句子的述語和賓語。

① 這個房間有二十平方米。
② 他打破了一個茶杯。
③ 小紅終於露出了微笑。
④ 老張把這些錢給你們倆。
⑤ 不少人喜歡看韓劇。

3. 試分析以下句子的補語。

① 字又寫＜錯＞了。
② 痛快＜極＞了。
③ 老王講得＜眉飛色舞＞。
④ 小狗跳＜進去＞了。
⑤ 這件事大意＜不得＞。

4. 試分析下列短語中的定語和中心語

①（孩子）脾氣

②（買的）書包

③（新發明的）（專門預防流感的）疫苗

④（一件）（重要的）事

⑤（一個藝術家的）存在與價值

5. 試分析下列短語中的狀語和中心語

①［熱烈］歡迎新同學

②［把大門］關上

③［已經］［被大家］發現了

④［認認真真地］學習

⑤［又］［偏偏］［不］在家

6. 試分析以下句子中的定語或狀語。

①（為誰服務的）問題［很］重要。

②他［會］［一巴掌］打死你。

③這是（一個）（原則）問題。

④［臉色陰沉地］走了進來。

⑤學者們［在休息室裏］交談。

⑥（這種）變化值得關注。

⑦她有（一雙）（水汪汪的）（大）眼睛。

⑧（小）男孩［委屈地］哭了起來。

⑨她［用照片］記錄了（黃土高原變成肥沃良田的）美景。

⑩你［快點］出去吧。

7. 用成分分析法分析下列句子：

①（CC的）學生［特別］勤奮。

②她到了紅磡車站。

③我［終於］寫＜完＞（中文科的）（讀書）報告了。

④政府［要］［妥善］解決（水貨客的）問題。

⑤（這個）國家［逐漸］成了（一個）（被世界遺忘的）孤島。

（四）下列句子對嗎？如何修改？

①淘氣的弟弟把飯吃。

　　淘氣的弟弟把飯吃完了。（正確句式）

②為甚麼把這件事不告訴老師？

　　為甚麼不把這件事告訴老師？（正確句式）

③把這件事能告訴老師嗎？

　　能把這件事告訴老師嗎？（正確句式）

④把房子有了後，我就會滿足了。

　　有了房子後，我就會滿足了。（正確句式）

第五章
常見語病 —— 病句分析與改正

一、何謂病句

　　病句，是指出現語病的句子。違反語法規則或與邏輯事理相悖的句子，都屬於病句。

　　違反語法規則，即句子結構不符合漢語的表達習慣。例如，「我們在沙灘散步」是正確的句子，「我們散步在沙灘」則是病句。這是因為漢語句子的狀語一般置於謂語前。在上述句子中，「在沙灘」是狀語，「散步」是謂語。「我們散步在沙灘」把狀語放在謂語後，便成了病句。

　　除了結構上的毛病外，病句還包括意義上的毛病。「小明是意外死難者中唯一獲救的」雖然合乎語法規則，卻在邏輯事理上出了問題。「死難者」和「獲救」互相矛盾，小明若是「意外死難者」，便不會「獲救」；小明若「獲救」，他便不是「意外死難者」，所以這一句也是病句。

二、修改病句的原則

　　修改病句時，宜遵循下列原則：

1. 修改後的句子應通順、自然、正確。

病句改正，最基本的原則是要糾正原句中的語法或意思上的毛病，使句子變得通順，表達清晰。若改寫後出現了新的語病，那改寫並無意義。

2. 儘量保留原句意思。

修改病句針對的應是原句的語病，因此不應隨便背離原句意思。若修改時有多於一種的方法，應選擇最接近原意的修訂。

3. 儘量保留原句的詞語和句型。

我們應儘量作最小幅度的改寫，儘量保留原句所用的詞語和句型，不作不必要的改動。

課堂討論：試比較下列病句的改寫，你認為哪一句較佳？為甚麼？

病句：我已經養成了少肉多菜的飲食。
改寫一：我已經養成了少肉多菜的飲食習慣。
改寫二：我已經養成了天天吃蔬菜的飲食習慣。
改寫三：少肉多菜的飲食習慣，我已經養成了。
改寫四：我已養成了多吃蔬菜少吃肉的飲食習慣。

三、常見的語病類型

常見的語病可分為三類，包括用詞方面的毛病、語法結構的毛病以及邏輯和意義的毛病。下文將據此分作三個部分，加以說明。

（一）用詞方面的毛病——詞義誤用

近義詞豐富多彩，是漢語詞彙的特色。按胡裕樹《現代漢語》的

解釋，近義詞「雖然意義相同，但並不完全相等，有細微的差別，應用上也不能任意替換。」[10] 近義詞能使語言的表達更細緻嚴密，它能幫助我們更準確地區別事物或情感的細微差異。不過，在實際使用上，近義詞會因為感情色彩、適用對象、詞類不同等因素有不同的用法。若不加以細察，小心辨析，近義詞的誤用便會造成語病。

1. 感情色彩誤用

詞的感情色彩主要表現於語氣的褒貶。褒義詞帶有肯定讚許的感情，貶義詞帶有否定貶斥的感情，中性詞則不帶褒貶。若在稱讚時用了貶義詞，斥罵時用了褒義詞，便會造成語病。例如：

> 病句：陳老師熱心公益，他的善行罄竹難書。
>
> 改正：陳老師熱心公益，他的善行不勝枚舉。

「罄竹難書」和「不勝枚舉」都有形容事物很多之意。但「罄竹難書」是一個帶有貶義色彩的成語。《舊唐書・李密傳》記載李密數說隋煬帝的罪狀：「罄南山之竹，書罪未窮；決東海之波，流惡難盡」。竹簡是古代的書寫材料。李密認為隋煬帝罪狀之多，即使用盡南山的竹子作竹簡也寫不完，因此這成語帶有負面色彩，後世多用以指惡行罪狀。句子讚賞陳老師的善行，宜改為「不勝枚舉」。

又例如：

> 病句：總經理行事果斷，從不聽取他人的意見，這次他的投
> 　　　資決定，使公司虧蝕上百萬元。
>
> 改正：總經理行事武斷，從不聽取他人的意見，這次他的投

10　胡裕樹主編：《現代漢語》（增訂本）（香港：三聯書店，1992 年），頁 266。

資決定，使公司虧蝕上百萬元。

「果斷」和「武斷」都有作出決定之意。但「果斷」是褒義詞，指果敢決斷，作合理的判斷和決定。「武斷」帶貶義，指只憑主觀作判斷。句子中，總經理不聽取他人的意見，又使公司因此蒙受損失，自然不值得褒揚，因此宜改用「武斷」。

2. 謙敬語的誤用

中國是禮儀之邦，很注意文辭中的上下尊卑之別。謙敬詞正是數千年中國文化累積形成的漢語特點。謙詞用於自謙，敬詞含恭敬口吻，用以對他人表示敬意。謙敬詞展現出對人的尊重以及自我謙遜。若以敬詞自稱，予人自大的感覺，把謙詞用於他人，又會產生貶抑之意。例如：

病句：本學會上個月曾蒞臨教育局參觀，獲益良多。

改正：本學會上個月曾前往教育局參觀，獲益良多。

「蒞臨」是敬語，表示貴賓來到，一般用在來賓身上，表示尊重來賓，不宜用於自稱。此處可改為「前往」。

3. 詞義輕重的誤用

有些近義詞，有程度輕重之別。若不能準確運用，便會產生語病。例如：

病句：上課時在書桌上胡亂塗鴉，毀壞公物，是沒有公德心
　　　的行為。

改正：上課時在書桌上胡亂塗鴉，破壞公物，是沒有公德心
　　　的行為。

「毀壞」和「破壞」雖然都是損害事物的意思，但程度上「毀壞」

較「破壞」嚴重，此處使用「破壞」較為恰當。

4. 詞義大小的誤用

有些近義詞所指的概念相同，卻有範圍大小的區別。運用失當便會產生語病，例如：

> 病句：陶淵明辭官歸隱後過着耕讀生活，『開荒南野際，守
> 　　　拙歸園田』描寫他開闢荒地，在田園生活中保存拙樸
> 　　　天性。

> 改正：陶淵明辭官歸隱後過着耕讀生活，『開荒南野際，守
> 　　　拙歸園田』描寫他開墾荒地，在田園生活中保存拙樸
> 　　　天性。

「開闢」和「開墾」都帶有開拓發展之意，但「開墾」的詞義範圍較小，一般指把荒地開發為可種植的土地，而「開闢」的詞義範圍較大，例如盤古開天闢地、開闢國土。此處用「開墾」較合適。

5. 詞義側重點的混淆

有些近義詞指的雖然是同一事物，但是側重點有所不同，運用時應加以注意，避免誤用。例如：

> 病句：自從參悟佛理，明白人生無常，我終於放下執念，心
> 　　　境十分安靜。

> 改正：自從參悟佛理，明白人生無常，我終於放下執念，心
> 　　　境十分平靜。

「安靜」側重於沒有聲音；沒有吵鬧和喧嘩。「平靜」側重於沒有不安或動盪。此處用以形容心境，以「平靜」較為合適。除了「安靜」、「平靜」外，「文靜」和「恬靜」也有相似的意思，只是這幾個詞語側重點皆不相同。「文靜」側重於性格、舉止的文雅安靜，「恬靜」

強調心情的恬淡寧靜，運用時宜加以注意。

6. 適用對象的混淆

有些近義詞表達的意思雖然相同，但在適用對象上卻有差異。若混淆了，便會出現語病。例如：

> 病句：本公司去年推出的叉燒月餅深受各位顧客愛戴，為了
> 　　　答謝大家，本公司今年特意提供八折優惠。

> 改正：本公司去年推出的叉燒月餅深受各位顧客喜愛，為了
> 　　　答謝大家，本公司今年特意提供八折優惠。

「愛戴」是敬愛並且擁護的意思，一般而言只能用於人，尤其是下級對上級。此處將「愛戴」用於叉燒月餅並不合適。

又例如：

> 病句：經過歲月的洗禮，這座千年石碑上的字跡都變得含
> 　　　糊，讓人難以分辨。

> 改正：經過歲月的洗禮，這座千年石碑上的字跡都變得模
> 　　　糊，讓人難以分辨。

「含糊」和「模糊」都有不清晰、不明確的意思。只是在運用習慣上，「含糊」一般用以形容說話，表示言語不明白；形容字跡難以辨認，應使用「模糊」。

7. 詞類誤用

詞類是「詞在語言結構中表現出來的類別」，[11] 詞類不同，詞的語法功能也不一樣。假如忽略了近義詞的詞類差異，也會造成語病。例

11　胡裕樹主編：《現代漢語》，頁 326。

如：

> 病句：事已至此，我們只能願望一切順利。
> 改正：事已至此，我們只能希望一切順利。

「願望」和「希望」都有盼望能達到某種目的或情況之意。「願望」是名詞，不能作動詞用，因此此處須改為「希望」。

又例如：

> 病句：我很擔憂弟弟的健康，希望檢查報告會帶給我們好
> 　　　消息。
> 改正：我很擔心弟弟的健康，希望檢查報告會帶給我們好
> 　　　消息。

「擔憂」和「擔心」都有放心不下，憂慮之意，兩者同樣是動詞，但此處只能用「擔心」不能用「擔憂」。這是因為「擔心」是及物動詞，可帶賓語；「擔憂」是不及物動詞，不能帶賓語。

(二) 語法結構的毛病

本書前文部分介紹了現代漢語的基本語法。一般而言，句子可以分為六個成分：主語、謂語、賓語 (句子的主幹成分) 和定語、狀語、補語 (句子的附加成分)。這些句子成分，按一定的語法規律，能組織成不同的句子，表達各種意思。然而，若這些句子成分在組成句子時違反了語法規律，便會導致語病。常見的語法結構毛病，包括：成分殘缺、成分贅餘、成分搭配不當、語序失當、結構雜糅等。

1. 成分殘缺

成分殘缺，顧名思義，就是句子缺少必須具備的成分，造成結構殘缺的問題。成分殘缺的種類主要包括：主語殘缺、謂語殘缺和賓語

殘缺。定語、狀語、補語是附加成分，它們不會影響句子的基本結構，因此，這些附加成分有所缺失時，一般都會稱為定語、狀語或補語「不完整」，而不會視為殘缺情況。

「成分殘缺」與「省略」是有分別的。前者是一種語病，後者是語法上可以接受的情況。試看下列例子：

「我愛媽媽，也愛爸爸。」

上述例子是一個並列複句。原句可寫成：「我愛媽媽，我也愛爸爸。」漢語尚簡潔，因為句子的上下文可以幫助我們明白「愛」的施事者是前分句中的主語「我」，所以後分句可省去主語「我」。這是合理的「省略」，不是成分殘缺。那麼，甚麼是成分殘缺呢？試看下列有關主語、謂語、賓語殘缺的例子。

①主語殘缺

病句：對於這個問題引起傳媒廣泛的報道，為學生提供了個案分析的素材。

改正：這個問題引起傳媒廣泛的報道，為學生提供了個案分析的素材。

濫用介詞是導致句子主語殘缺的主要原因。病句的前部分，介詞「對於」放在主謂短語「這個問題引起傳媒廣泛的報道」之前，組成介賓短語「對於這個問題引起傳媒廣泛的報道」，誤作句子主語部分，顯然，這種組合形式是錯誤的。試問「對於」一種情況，又怎能「為」某一種情況做一些事情？解決的方法是：刪去介詞「對於」，從而恢復「這個問題引起傳媒廣泛的報道」的主語地位，句子就能變得通順了。又例如：

病句：在寒風凜冽的操場上，使隊員都在不斷打顫。

改正：在寒風凜冽的操場上，隊員都在不斷打顫。

介賓短語「在寒風凜冽的操場上」表示處所，是句子的狀語。謂語動詞「使」前面沒有施事主語，結構上未能標示「誰」在不斷打顫，因此，句子結構殘缺。唯有刪去動詞「使」，「隊員」的主語地位恢復，句子結構才能完整，而整個句子就成為了狀語前置的主謂句。

②謂語殘缺

病句：當上班一族知道八號西南烈風或暴風信號即將懸掛時，歡呼聲辦公室每一個角落。

改正：當上班一族知道八號西南烈風或暴風信號即將懸掛時，歡呼聲響遍了辦公室每一個角落。

使用語感是初步判斷語病的方法。只要把句子順讀一遍，就很容易會發現上述句子犯了謂語殘缺的毛病。在上述例子裏，「歡呼聲」不會無故在辦公室出現，它必須由人發出。「響遍」表示「歡呼聲」發出並廣泛遍佈的動作，是不能缺少的動詞。再看下列例子：

例子：黃飛鴻人民英雄。

改正：黃飛鴻是人民英雄。

這個例子值得玩味。「黃飛鴻人民英雄」可以是同位短語，「黃飛鴻」和「人民英雄」指稱同一個人，兩個概念不分彼此，結構形式並無不妥。不過，倘若說話人是想表示一種陳述關係，把「黃飛鴻」陳述為「人民英雄」，那句子就缺少了判斷動詞「是」。句子沒有動詞「是」，整個句子就會缺少主語和謂語之間的陳述關係、判斷的意義和語氣，句子的意義和形式也就會有了輕微的變化。

③賓語殘缺

> 病句：陳金平強調場上只有十個足球員，球隊能夠合力阻擋
> 對方多次進攻，這實在是一個絕妙。
>
> 改正：陳金平強調場上只有十個足球員，球隊能夠合力阻擋
> 對方多次進攻，這實在是一個絕妙的組織。

上述句子的焦點是交代球隊如何出色。不過，病句卻欠缺賓語，「這」指代的是「只有十個足球員的球隊」，他們不會是「絕妙」，「絕妙」的是他們的表現，應在「絕妙」之後交代賓語如「組織」、「組合」等，這樣，「絕妙」就變成賓語前面的定語。

> 病句：你給我開。
>
> 改正：你給我開門。

跟英語一樣，漢語的動詞也可分為及物動詞和不及物動詞兩類。例如，主謂句「我跑。」或「我跑了。」「跑」是不及物動詞，不帶賓語。這裏「了」是語氣詞，不作句子成分，不是賓語。及物動詞則一般都帶賓語，「吃」和「喝」是及物動詞，需帶賓語，如「吃蘋果」、「喝開水」等。上文「開」也是一個及物動詞，後面一般都需要帶賓語，意義才算完整，否則，欠缺語境提供的信息，人們可能會不明白「開」的是甚麼。是「開車」？「開飛機」？還是「開門」？

2. 成分贅餘

成分贅餘又叫成分多餘、成分重複，顧名思義，成分贅餘指的是句子中有多餘的成分。例如：

> 病句：這齣極具爭議的電影，讓我感到十分感興趣。
>
> 改正：這齣極具爭議的電影，讓我十分感興趣。

「感興趣」已包含「感到」的意思，所以句子中「感到」與「感興趣」在語意上有所重複，宜刪去「感到」，使句子更簡潔。

試看另一個例子：

> 病句：每個蘋果以十元一個的價格出售。
>
> 改正一：每個蘋果以十元的價格出售。
>
> 改正二：每個蘋果十元。

句中「每個」和「一個」都是用以指稱蘋果的數目為「一」。上述句子「每個」、「一個」同時出現在句子之中便構成成分贅餘。句子冗長難讀，宜刪去其一。數量短語「十元」的「元」是貨幣單位，包含了「價格」意義，因此，也可考慮略去「價格」一詞，讓句子更加簡潔。

3. 成分搭配不當

漢語是意合的語言，形態變化較少，非常依賴「語序」和「虛詞」構句。詞語若搭配失當，就會造成句子意義不清，內容表達失當的毛病，成分搭配不當就是其中一種常見的語法毛病。甚麼是成分搭配不當？試看下列主謂句：

> 「我是你。」

謂語動詞「是」聯繫主語「我」、賓語「你」，表明主語和謂語兩個對象同屬一種情況或具有同一種屬性。[12]「我」、「你」是不同的人，上述句子表示兩者同一屬性，這令人不明所以。顯然，摒除修辭、上下文銜接的考慮，儘管這個句子的結構形式成立，但主語、賓

12　見「是3」詞條，載中國社會科學院語言研究所詞典編輯室編：《現代漢語詞典（第6版）》（北京：商務印書館，2012年），頁1190-1191。

語的內容言不及意，仍然犯了成分搭配不當的語病。又如：

例一：事情很突然。

例二：事情很忽然。

「突然」是一個形容詞，可以充當謂語；「忽然」是副詞，只能作狀語，不能充當謂語。因此，例二就是犯成分搭配不當的毛病。認識詞類的特點，可以減少這方面的錯誤。

跟成分殘缺不同，成分搭配不當是一種較難察覺的語病。

因為即使句子結構、語法關係表達和搭配失當，聽眾和讀者仍然可以自我調節閱讀和理解的意義，使句子得出最合適的詮釋。因此，要避免這類語病，最好還是理性地學習語法的基本規則和詞類特色。

成分搭配不當可分為多個種類，下文都是一些常見的典型。

①主語、謂語搭配不當

病句：世界上生活水平最昂貴的國家和城市，包括南韓、東京、北京和香港等。

改正：世界上生活水平最高的國家和城市，包括南韓、東京、北京和香港等。

「昂貴」、「高」都是形容詞。「昂貴」形容事物的價格高昂；「高」則形容事物的高度在等級之上。「水平」通常以高、低劃分，難以「昂貴」量度，因此，「水平」不能與「昂貴」搭配。「高」、「高昂」、「高大」、「高貴」、「高級」、「高強」、「高超」、「高漲」等詞，詞義有些微分別，搭配對象不同，需加注意。[13]

13　張壽康、林杏光主編：《現代漢語實詞搭配詞典》（北京：商務印書館，2002 年），頁 340-342。

又例如：

病句：年資長是衡量員工忠誠度強弱的標準。

改正一：年資長是衡量員工忠誠度的標準。

改正二：年資是衡量員工忠誠度的標準之一。

「年資長」由名詞「年資」、形容詞「長」組合成主謂短語，作全句的主語用。「強弱」(按：「強與弱」)是一個聯合短語，「強」表示有餘，「弱」表示不足，表述事物兩個相反的情態或程度。「年資長」究竟是判定員工忠誠度「強」或「弱」呢？邏輯事理上存在矛盾的地方。因此，以層次分析法劃分，在病句的第一個層次，主語「年資長」，與謂語部分「是衡量員工忠誠度強弱的標準」是不能搭配的。

現代商業社會傳意要求嚴謹，按情理分析，「改正二」比「改正一」的改法為佳。若只交代「年資長短」是「衡量員工忠誠度的標準」，讀者或聽眾會以為它只是唯一的尺度，引起誤會。因此，句子改寫成「年資是衡量員工忠誠度的標準之一」，就較為合理，也較容易為人接受。針對主謂、謂語搭配不當的例子，又可以見下文：

病句：天橋下的人都很順暢。

改正：天橋下的人流都很順暢。

這類病句情況經常出現在口語交際的時候。口語交際，既有畫面，又有聲音作語境理解，句子結構相對鬆散，就容易造成語病。倘若用書面語表達，只要細心留意，就很容易察覺這類句子成分搭配不當。病句主語「人」是不會「順暢」的，「順暢」的只會是「人流」。

②謂語、賓語搭配不當

病句：東深供水工程為香港供應充足的食水量。

改正：東深供水工程為香港供應充足的食水。

這是一個典型的語病。上述句子的焦點是交代東深供水工程對香港的貢獻。謂語「供應」和賓語「食水量」搭配不恰當，「量」沒有辦法被「供應」，「工程」只能為香港「供應」「食水」。

又例如：

病句：我們都用傾慕的目光看着、聽着他的一言一行。

改正一：我們都用傾慕的目光看着他的言行。

改正二：我們聽着、看着他的一言一行，十分傾慕。

與上句一樣，「目光」只能「看着」，不能「聽着」。把句子糾正為「我們都用傾慕的目光看着他」，更通順和合理。

③主語、賓語搭配不當

試看下列兩個模擬經典病例的句子：

病句：董建華的祖籍是寧波定海人。

改正一：董建華的祖籍是寧波定海。

改正二：董建華是寧波定海人。

病句：已婚人士是人生一個重要的階段。

改正：結婚是人生一個重要的階段。

主語、賓語搭配不當的原因是組織太急。倘若沒有留意詞語之間的支配關係，就會很容易造成這種錯誤。然而，若能細心留意，就會發現主語、賓語的意義承接並不合理。「祖籍」不可能是「人」。句子只能寫成「祖籍是寧波定海」，或「董建華是寧波定海人」。同樣道理，「已婚人士」不可能是一個「階段」，但「結婚」就是了。

④定語、狀語、補語與中心語搭配不當

病句：淅瀝嘩啦的河水。

改正一：淅瀝嘩啦的雨水。

改正二：淙淙河水。

擬聲詞「淅瀝嘩啦」修飾的是下雨的聲音，不是河水的聲音。河水的擬聲詞有「潺潺」、「淙淙」、「嘩嘩」等。

病句：這個訓練嚴肅地進行了很多次。

改正：這個訓練嚴格地進行了很多次。

「嚴肅」是修飾人的態度和神情認真，絕不輕率放鬆的情貌；「嚴格」則用以修飾事物需要合乎標準和規定，絕不馬虎。主語「訓練」不是人，所以不能用「嚴肅」作句子的狀語，只能用「嚴格」。

病句：香港天氣還算好，趁還未懸掛八號風球，你在台灣還是趕緊乘飛機飛吧。

改正：香港天氣還算好，趁還未懸掛八號風球，你在台灣還是趕緊乘飛機飛回來吧。

現代漢語有多種補語，包括數量補語如「看了一眼」，程度補語「高興得很」，結果補語「聽得清楚」，趨向補語「走過來」等。上例是屬於趨向補語一類。趨向補語通常是表示動作、行為的趨向性，故以之為名。這些趨向補語通常由趨向動詞如「來」、「去」、「上」、「下」、「出來」、「過去」、「回來」、「回去」等充當。上文乘飛機的動作應該需要補充說明飛往的方向，這才能呼應前文部分的內容，意義才算得完整。

4. 語序失當

語序的內容可包括詞語、句子、句羣的排序。學生學習閱讀和撰

寫句子，先從詞語的組合學起，再從單句、複句、句羣鑽研。一般簡單的語序組合，如「他忽然辭職了」，在一般情況下，不會寫成「他辭職了，忽然」。在語感的幫助下，我們很快就會覺得句子怪怪的。不過，有一些情況，遣詞構句必須要細心考察，甚至需要理性地以語法知識分析，才能把問題糾正過來。試看下列例子：

> 病句：方丈的晚年境況堪虞。
>
> 改正一：晚年的方丈境況堪虞。
>
> 改正二：方丈晚年境況堪虞。

仔細閱讀，「晚年」是一個時間，而時間只有早、晚之分，沒有所謂的「境況堪虞」。「方丈」才是「境況堪虞」的陳述對象。

一些簡單的語序尚且如此，較為複雜的多層定語、多層狀語的組合，就可能更易出錯。因此，認識多層定語、多層狀語語序的正確排列方式，非常重要。

①多層定語、多層狀語排序的困惑

過往，香港的漢語教科書較少提及認識多層定語、多層狀語的重要性。黃伯榮、廖序東編著的《現代漢語》是一部影響深遠的教科書，再版及增補修訂多年，是內地高等學校普遍使用的教材，也行銷海外各地。在語法一章裏，黃、廖兩人已深入淺出地說明多層定語、多層狀語正確排序的重要性。該書增訂至 2011 年而止。黃伯榮與李煒合編、2014 年出版的《現代漢語簡明教程》則延續黃、廖本的教學語法觀點和精神，繼續特別強調多層定語、多層狀語的一般規律：

> 『他那一個去年在教學研討會上提出的屬於倫理學範疇的以
> 大一學生為對象展開傳統道德教育的基本構想。』從定語的
> 語義類型角度看，上例多層定語的順序是：領屬 (他)—時

地（去年）－指別（那）－數量（一個）－行為（在教學研討會上提出）－歸屬（屬於倫理學範疇）－內容（以大一學生為對象展開傳統道德教育）－性狀（基本）……多層定語排列的一般規律可以概括規律為：定語跟核心名詞的語義關係密切，就越靠近核心名詞[14]

狀語短語加上狀語就形成多層狀語。例如：『工作人員〔因為時間原因〕〔昨天〕〔在現場〕〔確實〕〔都〕〔沒有〕〔對所有的申請表格〕〔仔細〕地〔一項一項〕地核查。』在上面特擬的例子中，核心動詞『核查』前共有九層狀語，除了表程度的狀語外，還包含了狀語的主要語義類型。多層的排列次序為：表因由－時間－地點－語氣－幅度－否定－關涉－情態－數量，這也反映了多層狀語排列的一般規律。[15]

②多層定語語序不當

病句：訓練用的／那／個／在內地／購買回來的／火車牌籃球／現在／漏氣了。

改正：那／個／在內地／購買回來的／訓練用的／火車牌籃球／現在／漏氣了。

雖然病句的詞語序列方式不當，但仍能理解其內容大概是關於一個老籃球漏氣的事實。「那」、「個」、「在內地」、「購買回來的」、「訓練用的」全部都是修飾中心語「火車牌籃球」，應以定語的序列方式，按指別、數量、行為、歸屬或範圍的資料有順序地列下來。

14　黃伯榮、李煒主編：《現代漢語簡明教程》（下冊）（香港：三聯書店，2014年），頁73。

15　黃伯榮、李煒主編：《現代漢語簡明教程》（下冊），頁76-77。

③多層狀語語序不當

病句：迷你倉內／消防員／日以繼夜／夜以繼日地／逐一／
檢查／是否／在火場裏／存有／易燃／物品。
改正：消防員／日以繼夜／夜以繼日地／在火場裏、迷你
倉內／逐一／檢查／是否／存有／易燃／物品。

上文例子的信息量同樣相當豐富，頗多詞語和短語。在糾正問題的時候，未必一定能夠保留原來的句型樣式。這種情況是可以理解的。按一般多層狀語的序列，時間狀語「日以繼夜／夜以繼日地」、地點狀語「在火場裏」和「迷你倉內」、幅度狀語「逐一」，宜應順序排列，以修飾動作「檢查」。

無論如何，句子應力求簡潔流暢，便於理解，宜短不宜長。在寫作文章的時候，這類具有多層修飾語的句子不妨可以縮短，精簡一些，那就可以減少產生語病的情況，避免溝通上的誤會了。

5. 結構雜糅

結構雜糅，即兩個不同結構的句子扣在一起，造成句子結構糾纏、語義不清的毛病，在語義上造成前後牽連的情況。造成這種語病的原因，大體上都是因為構思句子的時候拿不定主意，以致把兩個句子結構扣在一起，造成句子結構纏繞的情況。

病句：這次立法會選舉的派別，除了建制派外，還有來自
民主派、本土派和中間派也參加了選舉。
改正一：這次立法會選舉的派別，除了建制派外，還有民
主派、本土派和中間派。
改正一：除了建制派外，還有民主派、本土派和中間
派也參加了這次立法會選舉。

　　一般結構雜糅的例子較為明顯，只要能夠劃分病句的前、後部分，割裂分層，一般都能梳理成功，把問題改正過來。

（三）邏輯和意義的毛病

　　除了留意詞義、句子的結構形式外，邏輯問題也是語病課題裏非常重要的部分。句子結構成立，但邏輯不通，也會妨礙傳意。現代漢語所探討的邏輯問題，主要涉及詞語和分句的組合情況。前後矛盾、範圍不清、關聯詞語使用不當可算是最常見的種類。

　　1. 前後矛盾

　　病句：我大概一時正左右到達。

　　改正：「我一時左右到達。」或「我一時正到達。」

　　究竟是「一時正」？還是「一時左右」？兩者必須二擇其一，否則讓人無所適從。

　　2. 範圍不清

　　病句：米奇曾經跑遍不同國家，包括美國紐約、中國上海、日本東京、泰國曼谷等。

　　改正：米奇曾經跑遍不同城市，包括美國紐約、中國上海、日本東京、泰國曼谷等。

　　是國家？還是城市？遣詞必須留意詞語意義所涵蓋的範圍。「美國紐約」、「中國上海」、「日本東京」、「泰國曼谷」的中心語在「紐約」、「上海」、「東京」、「曼谷」，它們都是國家的城市。因此，米奇曾經跑遍的是不同的城市，而不是國家。

　　3. 關聯詞語使用不當

　　在實際的生活裏，我們表達一些較為複雜的邏輯關係和概念，就

得留意關聯詞語的運用。當中，連詞擔當連接分句的重要角色，具備交代邏輯關係的功能，更需多加注意。試看下列例子：

　　病句：只要努力，所以成功。
　　改正：只要努力，就會成功。

「只要……就……」是由連詞、副詞構成的條件複句格式；「因為……所以……」則是兩個連詞構成的因果複句格式，兩者表示不同的邏輯關係，不能隨便混合使用。

　　病句：你支持這個計劃？或者放棄這個計劃？
　　改正：你支持這個計劃，還是放棄這個計劃？

這是一個常見的語病。「或者」、「還是」都是表示選擇關係的連詞，可是，「或者」多用於陳述句。若要在疑問句中表示選擇關係，則要使用「還是」一詞。

四、判斷病句的方法

要判斷語病，減少語病，培養語感和有系統地學習語法知識都是非常重要的。

①學習基本的現代漢語語法知識，瞭解一般的語病類別。

要準確地判斷病句，必須具備扎實的漢語知識。學生要明白詞語意義，句子結構的種類，養成時刻審視句子的習慣，建立理性地分析語法的意識。

瞭解語病的基本類別，可以幫助學生建構一個思考的框架。學生能主動地審視句子是否犯了語病，學習有了方向，自然事半功倍。

②理解詞義，明辨邏輯。

先理解意義，後考察結構是判斷語病的重要步驟。理解意義，可先從詞義着手，然後，再鑽研句子意義和句子內部以及句子之間的邏輯關係。這個做法能讓學生由淺入深掌握句子規律，較為容易分辨句子對錯。

③緊縮句子，抽取主幹成分。

緊縮法是漢語學界診斷病句的主要方法。在實際的交際環境裏，句子表達形式變化多端。書面語尚且如此，更何況是口語？因此，把句子縮短，先檢視最重要的主幹成分——主語、謂語、賓語，再細看較次要的附加成分——定語、狀語、補語，是最為便捷的做法。主謂結構是漢語句子的基本形式，若主幹成分已有殘缺、贅餘或搭配不當，其他附加成分即使恰當，句子也難以成立了。

總括而言，判斷語病的方法多樣，但其中都離不開多讀、多想、多寫的原則。理論之外，學生還需要經驗的累積。

五、課後練習

(一) 請指出下列句子犯了甚麼毛病，並把它們改正過來。

例如：我們散步在沙灘。

語病：語序失當

改正：我們在沙灘散步。

① 蘇老師在訪問中表示，二十年的教學令她更了解學生的需要。

② 我對旅行地點沒有意見，可以再看看資料也行。

③ 舊式電腦屏幕，體積較大，會花去辦公桌很大空間。

④ 小明很能幹，總是把工作處理得清清楚楚。

⑤ 我完成了每天跑步一小時。

⑥ 陽光透過婆娑的枝葉照下來，地上出現了整齊而斑駁的黑影。

⑦ 昨天我把從前的數十個模型丟掉了。

⑧ 全賴各位顧客的支持，使本公司不斷進步，今年我們特意推出更多優惠以答謝大家。

⑨ 中學時建立的友誼，很可能成為你的終身摯友。

⑩ 知道小強陷入困境後，小明無時無刻都在想幫助他的辦法。

⑪ 小明中了六合彩，開心得整晚都睡不着，只睡了一小時。

⑫ 這個計劃會否成功，關鍵在於小直是否能說服大家起決定作用。

⑬ 這個女明星出席頒獎禮的晚裝很古羅馬，令人印象深刻。

⑭ 旅遊的經歷，能使我們的眼光在不知不覺間得到拓展。

⑮ 金價大幅攀升的最主要原因是英鎊下調所造成的。

⑯ 小明完全漠視周遭環境的改變，做出的是一個可能非常糟糕的決定。

⑰《哈利・波特》這個魔法世界的故事，在現實中是不可能存在的。

⑱ 經過半個月的努力，我的暑假作業快要接近完成。

⑲ 小明雖然在香港出生，但他的籍貫卻是福建人。

⑳ 在這次地震的救災過程中，展現了守望相助的重要。

㉑ 小明花了數個月時間蒐集資料、分析數據，今天在公司的股東大會上誇誇其談，計劃書得到一致好評。

㉒ 今年的中秋晚會舉辦得十分成功，參加人數有接近三千
　多人。

㉓ 他的身手敏捷是一個出色的運動員。

㉔ 與其選擇一個聰明但狡詐的夥伴，不如和一個平庸但有誠
　實的人合作。

㉕ 在金庸的晚年，還到英國劍橋大學攻讀博士學位。

㉖ 今天是爸爸和媽媽結婚二十週年。

㉗ 小明花了三年時間儲錢，終於能夢寐以求買到模型。

㉘ 他懂得很多天文學方面的許多知識。

㉙ 被「贏在起跑線」的思維束縛下，近年來越來越多家長安
　排子女同時入讀兩間幼稚園。

㉚ 狗的天性是忠於飼主的動物。

練習答案

① 成分殘缺

蘇老師在訪問中表示，二十年的教學經驗令她更了解學生的
需要。

② 成分多餘

我對旅行地點沒有意見，可以再看看資料。/
我對旅行地點沒有意見，再看看資料也行。

③ 詞義誤用

舊式電腦體積較大，會佔去辦公桌很大空間。

④ 搭配不當 / 詞義誤用

小明很能幹，總是把工作處理得妥妥當當。

⑤ 成分殘缺

我完成了每天跑步一小時的計劃。

⑥ 邏輯和意義的毛病

陽光透過婆娑的枝葉照下來，地上出現了斑駁的黑影。

⑦ **語序失當**

昨天我把數十個從前的模型丟掉了。

⑧ **成分殘缺**

全賴各位顧客的支持，本公司不斷進步，今年我們特意推出更多優惠以答謝大家。

⑨ **搭配不當**

中學時認識的朋友，很可能成為你的終身摯友。

⑩ **詞義誤用**

知道小強陷入困境後，小明無時無刻不在想幫助他的辦法。/

知道小強陷入困境後，小明時時刻刻都在想幫助他的辦法。

⑪ **邏輯和意義的毛病**

小明中了六合彩，開心得差不多整晚沒睡，只睡了大約一小時。

⑫ **結構混亂**

這個計劃會否成功，關鍵在於小直是否能說服大家。/

這個計劃會否成功，小直是否能說服大家將起到決定作用。

⑬ 詞類誤用

這個女明星出席頒獎禮的晚裝具有古羅馬風格，令人印象深刻。

⑭ 詞義誤用

旅遊的經歷，能使我們的眼界在不知不覺間得到拓展。

⑮ 結構混亂

金價大幅攀升的最主要原因是英鎊下調。/
金價大幅攀升是英鎊下調造成的。

⑯ 語序失當

小明完全漠視周遭環境的改變，做出的可能是一個非常糟糕的決定。

⑰ 邏輯和意義問題

《哈利・波特》這個故事的魔法世界，在現實中是不可能存在的。

⑱ 成分多餘

經過半個月的努力，我的暑假作業快要完成了。/
經過半個月的努力，我的暑假作業接近完成了。

⑲ 搭配不當

小明雖然在香港出生，但他的籍貫卻是福建。/

小明雖然在香港出生，但他卻是福建人。

⑳ 成分殘缺

這次地震的救災過程，展現了守望相助的重要。

㉑ 詞義誤用

小明花了數個月時間蒐集資料、分析數據，今天在公司的股東大會上侃侃而談，計劃書得到一致好評。

㉒ 成分多餘

今年的中秋晚會舉辦得十分成功，參加人數接近三千。／
今年的中秋晚會舉辦得十分成功，參加的同學有三千多人。

㉓ 語序失當 / 搭配不當

他身手敏捷，是一個出色的運動員。

㉔ 詞類誤用

與其選擇一個聰明但狡詐的夥伴，不如和一個平庸但有誠信的人合作。

㉕ 成分殘缺

金庸在晚年，還到英國劍橋大學攻讀博士學位。

㉖ **搭配不當 / 成分殘缺**

今天是爸爸和媽媽結婚二十週年的日子。

㉗ **語序失當**

小明花了三年時間儲錢，終於買到了夢寐以求的模型。

㉘ **成分多餘**

他懂得很多天文學方面的知識。/
他懂得天文學方面的許多知識。

㉙ **結構混亂**

在「贏在起跑線」的思維束縛下，近年來越來越多家長安排
子女同時入讀兩間幼稚園。

㉚ **搭配不當**

狗是忠於飼主的動物。/
狗的天性是忠於飼主。

實用文寫作

第六章
實用文概論

一、實用文是甚麼？

　　實用文一般指為應付社會交際而使用的文字，各個政府機關、社會團體、企業機構等處理公務或商用的書面文字是實用文，日常生活中接觸的辯文類的文字，如影評、藝評、視評、社評等都是實用文。

比較實用文與文學的創作特點

	實用文	文學創作
目的	實用，有明確、具體的傳意目標，它是為讀者服務的文書。 以求職信為例，寫信的目的就是說服對方自己適合這個職位；影評的目的如其名字所言，就是評價某部電影的質素。	部分抒懷，部分實用，它有時為讀者服務，亦有時為作者服務。以杜牧《山行》為例，作者寫詩目的是描繪秋天的景色，把自己的情感融匯其中。
格式	每篇實用文的要求因應不同社會文化略有變化。 每個地方的政府機關一般有自己一套的通函格式。香港的公函與內地公函在內容、使用範圍、公文體式、語言表述風格等方面都呈現出各自的特點。	文學創作涵蓋範圍極廣，部分對格式要求嚴格，部分比較隨意，難以定論。

（續上表）

內容	以書信為例，一般分為私人和事務兩種。	內容廣泛，難以分類。
讀者	必定有明確對象	可以沒有明確對象

二、實用文的特點

與文學創作比較，實用文有特定目的，特定的寫作方法，格式亦有特定的規範。

（一）以實用傳意為惟一目的

部分文學創作以傳意為目的，亦有部分以抒發內心的情感為目的。

實用文則不同，實用文種類繁多，它們全部均以實際交際為目的，是發出者與收到者的溝通。

（二）描述真確到位

文學創作的內容可以是真實的，也可以是虛構出來的，但實用文以傳意為目的，所寫的必須為真實，其言辭技巧是否靈活得體直接影響到交流效果。因此，實用文在語言表達上必須遵循以下七條原則（簡稱 7C 原則）：

1. 準確 (Correctness)：表達要準確，不能言過其實，要用正確的語言把信息傳遞給對方。

例：我出席這位去世名人的紀念活動。

分析：「紀念」一詞應改為「悼念」。

2. **簡潔 (Conciseness)：避免使用冗長的表達，用語儘量簡潔。**

　例：我以一張一千元面額的紙幣付款。

　分析：「面額」一詞可以刪去：「我以一千元紙幣付款」。

3. **清楚 (Clearness)：選用簡明易懂的詞語，適當運用標點符號以避免模糊和歧義。**

　例：兒子生性病榻媽媽感安慰。

　分析：「生性」一詞不合規範，可改為：「兒子聽話懂事，臥病在牀的媽媽感到安慰」。

4. **完整 (Completeness)：作者應提供給對方所需的完整信息。**

　例：我司決定下週三與你會面。

　分析：「下週三」是甚麼時候？應列出完整日期：「我司決定 7/10(週三) 與你會面」

5. **具體 (Concreteness)：為使閱讀者留下明確具體的印象，應避免使用抽象或籠統概念的詞。**

　例：這間餐廳真是很差。

　分析：「差」一詞指餐廳的哪一方面不盡人意？批評應更具體。可改為：「這間餐廳的食物價格昂貴，味道過於清淡」。

6. **禮貌 (Courtesy)：彬彬有禮的書信可博取對方好感，使對方樂意與你合作。**

例：你應該馬上處理我的個案！

分析：「應該」和「馬上」是命令句，若想把句子讀來更有
　　　禮客套，可改為：「請貴公司抽空處理本人的個案」。

7. 體諒 (Consideration)：寫信時多為對方着想，多從對方角度看問題，使對方認真考慮信中所言。

例：你們應就此事作出檢討。

分析：如想豐富句子的內容，可加入理由，表示你能體諒對
　　　方的處境：「此事或只是個別事件，若早日對此事作
　　　出檢討，相信有助於提升貴公司的服務質素」。

（三）格式的規範性

　　實用文有一套約定俗成的格式，這些格式雖然可能隨着地域、場景而略有不同，但相對較為固定。文學作品方面，不同類型的文學作品，如散文、劇本、詩等，都有自己的格式，而這些格式相對較為隨意。

（四）語氣的運用

　　為能夠準確傳意，實用文會採用陳述、祈使及感歎等不同的語氣，以達到交際目的，例如：以陳述交待事情的背景，以祈使敦促對方採取行動等等。以下列出不同的寫作語氣如何配合實用文內容。

語境一：一名顧客在使用一部眼部按摩器後感不適，後證實
　　　　眼角膜移位，現寫信向銷售商投訴。

書信內容	語氣使用
本人在本年三月七日購買型號 3337 眼部按摩器，使用後不久眼部即出現刺痛。使用三個月後看醫生，證實眼角膜移位，醫療報告指出「很大可能因受到機械推力而移位」。	陳述：巨細無遺地列出重要的背景資料，方便對方跟進。
該按摩器可產生如此大的推動力，到底是否適合在市場出售？	疑問：質疑該眼部按摩器是否仍適合家居使用。
本人鄭重要求貴公司賠償本人之損失。	祈使：促請賠償。
本人對貴公司實在失望之極。	感歎：對機構的失望。

語境二：家居保健用品商收到一名顧客投訴，對方懷疑使用
　　　　公司的眼部按摩器後感不適，後證實眼角膜移位。
　　　　經調查後，對方原來在十年前曾做過眼角膜手術。

書信內容	語氣使用
在接到投訴後，我們即與相關銷售人員及研發團隊開會，研究閣下的個案。	陳述：告訴對方公司做了甚麼工作。
我們的說明書上清楚列明按摩器只適用於眼部健康及未曾動手術人士。	陳述：產品說明書上的描述。
我們對閣下的遭遇深感抱歉，亦明白為閣下所帶來的不便。	感歎：理解對方的心情。
就有關賠償的要求，經我們仔細考慮：決定全數賠償閣下的手術費及半年內的覆診費。	祈使：就要求作出的回應。

三、實用文寫作通則

撰寫不同類型的實用文，要留意不同的格式體例，但有多項適用於各類文件的通則，現逐一簡述如下：

（一）多用白話少用文言

實用文以交際為目的，是處理各項事務的依據，因此內容必須真實無誤；又因為實用文是為讀者服務的文字，為方便讀者了解信息，所以寫實用文的時候多採用慣用的白話，而不是文言。不過，這裏說的採用並不是完全摒棄，按語境需要，實用文有時亦會加入文言詞彙。

（二）橫寫較直寫為多

香港大部分的實用文多以橫寫為主，有時按語境需要，仍保留直寫。

討論問題

1. 為甚麼實用文以橫寫居多？
2. 甚麼實用文仍以直寫為主？你能舉出數例嗎？

（三）正確使用標點符號

標點符號在現代漢語中，有表示句子的停頓、作者的語氣、區別詞義等作用。正確使用標點符號，有助準確表達文意，反之，可能會使語意模糊，有礙溝通。因此，撰寫實用文時須注意正確使用標點符號。

（四）統一表述

在實用文中，所有表述的方法都應統一。如前文表示日期時用阿拉伯數字，則下文再若次提及日期時，則亦應使用阿拉伯數字表達。如提到「貴公司」一詞時「貴」前面用了挪抬 (前面空一格)，則後面每次出現「貴公司」時亦應以同一方法處理。

（五）清楚註明收件者及寄件者的職銜 / 角色

為便於溝通，若事務書信或公函以個人名義所寫，如投訴食物質素欠佳，寫信人應寫上自己在這件事中扮演的角色，如投訴人。如信是以公司名義所寫，則寫信人應註明自己的名字和在公司擔任的職銜。

四、實用文舉例

實用文的種類廣泛，按性質可分為書信 (公函及私函)、通告類文書、會議文書等；按場合按語境又可以分為柬帖、牌匾銘文、演講辭、評論文字等等。除了政府機關外，社會團體和企業機構亦寫實用文，以下將以評論文字、公函和私函作為例子，略作介紹。

（一）評論文字

評論就是對文本的客觀分析，這種分析必須建基於事實，以充分的理據來論證其主要觀點。按篇幅分類，有長論、短評，篇幅可長可短；從內容方面考慮，主要可分為人物評論、時事評論、書評、影視評論、藝評及思想評論。

（二）私函

私人書信又稱私函，顧名思義，內容圍繞私人信息，以個人為中心，諸如私人晚宴邀請、長輩慰問信、家書等均為私函。由於收信人與寫信人關係一般較為親近，因此相比起公函，私函行文用詞較為隨意。

（三）公函

公函泛指社會上個人與政府或機構之間，因為公務而往來的信件。這些與工作事務有關的書信，寫作要求一般比私人書信嚴謹。政府機關發出的公函均有指定的格式，部分更是法定的。機構使用的格式與政府所用的整體相似，但亦按實際需要與個別機構的文化而略有不同。

私人書信與事務書信的主要分別

	私人書信	事務書信
目的	私事	公事、工作
對象	私人	工作場合的個人、團體或政府
行文用詞	較為隨意、率性	嚴謹和客觀
格式	較為隨意	有相對固定的格式
風格	偏感性	理性

實用文是一種功能文字，以應付社會交際為目的，與許多文學創作在用詞上、格式上都有很大的不同。實用文是與社會生活密切相關的一種應用型文章體裁，如能好好了解各類實用文體的要求，有利於我們解決實際工作時遇到的溝通問題。

第七章
評論概論

一、評論的定義

　　評論屬論辯文類的範疇。即就一個立場，羅列理據，提出對事物的看法。[1] 以這套思維方式客觀針對事理，提出問題，進而分析問題，解決問題。評論的要點，在於理據充分，具說服力。理據充分，仰賴確實的例證與嚴密的邏輯推理；是否具說服力，則與言語修辭與結構安排有很大關係。[2]

二、評論的應用範圍

　　在日常生活中，我們經常接觸各式各樣的評論文章，它們表現形式靈活多樣，按篇幅分類，有長論、短評，篇幅可長可短；從內容方

1　岑紹基、謝錫金、于成鯤、祁永華：《學校實用文闡釋》，（香港：香港大學出版社，2002 年），頁 418。

2　蔡柏盈：《從段落到篇章：學術寫作析論技巧》，（台北：國立台灣大學出版中心，2010 年），頁 153。

面考慮，主要可分為人物評論、時事評論、書評、影視評論、藝評及思想評論。

不同內容的評論，有不同的重點要求，分述如下：

（一）人物評論

在記敘文或抒情文寫作中，描寫人物的主要目的是展現人物的形象和性格，主觀色彩較濃。人物評論則是針對某個特定人物的言行、成敗、功過等作出客觀評論。而作為評論對象的，通常是對社會有一定影響、知名度比較高的人，像政治領袖、科學家、文學藝術家、思想家、知名歷史人物等。評論者宜從不同角度評論人物，輔以足夠具有代表性的事例，以表現他各方面的為人行事。人物評論常用的角度繁多，多以因事論人的方式闡述，或從人物一生中有代表性的言行論說其功過，或對後世的影響，或發掘他值得後世學習的品格特質。

（二）時事評論

時事評論針對一些社會或政治事件、施政方針、經濟政策、軍事策略或部署等提出意見和批評。時事評論多發表於各大報章的社論及評論專欄。評論寫作與新聞寫作不同，新聞寫作通過文字把新聞事件「再現」，內容主要是報道事件的信息，必須建基於事實，有根有據，不能無中有生有，弄虛作假。時事評論則包含評論者的主觀分析、判斷、觀點、立場或建議，以客觀證據支持和論證。[3]

3　黃天賜：《新聞評論寫作》，（香港：中華書局，2011 年），頁 38。

（三）書評

　　書評即是有關書籍評論的文章，評論目的是通過對書籍的思想內容，創作風格，藝術特點等方面進行議論、評價，評論時可以旁徵博引，引用各種材料論證，但選取徵引的各種資料，應是與書本內容有關的。書評與讀後感的寫作方式不同。書評和讀後感都是針對某一本書內容來寫，都要適當引述作品，所以二者有共同點。但是，讀後感主要是在閱讀作品的基礎上寫主觀感受，談體會，帶有主觀色彩；書評則是在研讀作品的基礎上，對作品的思想內容、藝術特色等作出客觀的評論。就書評內容而言，主要包括兩個部分，應先略述作品的背景資料、風格及內容，再詳述意見及褒貶。

（四）影視評論

　　影視評論就是電影或電視劇的觀看者，以文字語言、語錄等形式表達的，對電影電視節目的看法。影視評論多由影評人撰寫，常見於報章雜誌及電影網站。影視評論可從影片內容、導演乃至演員在片中的表現，或通過與同類影片比較探索影片的水平。影視評論既可對諸多方面做綜合評論，亦可對某一方面做重點評論，集中選取一個角度，如對導演、演員、攝影、音樂、美工、剪輯、服裝、道具、化妝、燈光、特技等提出意見。

（五）藝評

　　藝術評論針對某特定文學藝術作品的風格或優劣，作者的技巧或成就貢獻，文學藝術的思潮等，表達評論者的意見，如戲劇、曲藝、舞蹈、視覺藝術展覽等各類藝術活動的評論文章就屬這一類別。藝評的評論範圍可以是關於藝術作品創作過程，也可以是關於藝術作品的

研究。國際藝評人協會香港分會成員均為本地藝評人，各會員定期為報章、雜誌、電視或電台就藝術及文化課題提供評論。香港電台也有藝評等節目。

（六）思想評論

思想評論是針對某種思想或主義的評論，主要通過對社會中存在的思想問題進行分析評論，分清是非。思想評論既可以提升人們對事物的理性認識，促進大眾之間思想意識的交流，使事理越辯越明，甚至可以通過議論批評，形成輿論，造成聲勢，間接或直接影響事物的發展、政策的制訂、或新理論的產生。

三、評論的寫作步驟

（一）選擇論題

應選擇讀者感興趣的評論對象，評論者也要對評論對象有一定的認識。

（二）確立論點

評論者必須有自己的觀點，全文宜圍繞這個中心展開論述。論點必須明確、集中。觀點清晰而一致。

（三）選取恰當論據

論據是闡明論點的根據，可以是理論或事實。論據必須真實、充分，如有新穎的見解，文章會更具吸引力。論證過程是評論文章的主體，應有條不紊，清楚羅列觀點和論據，目的是勸服他人接受己見。

（四）作出結論

論證後再歸納總結，可給讀者清晰和深刻的印象。

四、評論寫作的要訣

（一）論題宜以小見大，角度全面

標題是作者對全文內容最鮮明最精煉的概括。好的標題可以引起讀者閱讀這篇文章的興趣。要使評論觀點鮮明，主旨突出，議題不宜定得太大，論述的範圍不宜開得太寬。一篇評論的容量總是有限的，如果貪多求全，就泛泛而談，不痛不癢。應該掌握一論題，從小見大，寫出自己的意見。另外，論題宜做到論述全面，評論角度避免過度單一，例如書評宜對著作有全面的介紹和綜合的評述。

（二）善於分析、整理資料

要寫出一篇優秀的評論，資料的搜尋非常重要，擬定評論的觀點後，就要廣泛閱讀相關的資料，多利用網絡，或新聞資料庫，從不同角度的方向思考，從而尋找可發揮的論點。搜集的材料是零碎的，沒有組織的，故此需要系統化整理，並將之鑒別分析，從中發掘可下筆的角度，然後草擬論文的提綱。以書評為例，首先要了解作者的生平及創作背景，掌握其他相關作品的資料等。

（三）表達直接

評論宜開門見山，不藉其他東西引入話題。直接告訴讀者你的立場，想支持甚麼，駁斥甚麼。若要讀者多番猜想推敲才知道評論者的

立場，或東拉西扯，讓人看了大半天，才說出論點，傳意效果就大打折扣。評論文章可適度描述事件主體，但切忌花大篇幅回顧，應找出重點，清楚說明立場。

（四）論證技巧，邏輯嚴密

評論必須以理服人，排除主觀臆斷、強詞奪理。要做到以理服人，便要講求嚴密的邏輯，注意證據與論點的關係，論證過程沒有謬誤。在文章中不論是正面確立自己的論點，還是反駁別人的觀點再確立自己的論點，都要做到有根有據，合情合理。文章的結構必須做到全文貫通，層層相遞，環環相扣，首尾照應，嚴謹無隙。

（五）態度客觀平實

評論必須有明確的對象，然後圍繞一個問題來討論，要做到有的放矢。具體評論問題應持有實事求是的態度，好壞褒貶應客觀公正，既不誇大其辭，又不主觀武斷，要注意辯證分析，以理服人。評論應該言之有據，內容要真實準確，態度要實事求是。想使對方接受己見，須曉之以理，抱持公正客觀的原則才能說服讀者。立場不能模棱兩可，評論的觀點不但要清楚，更要前後一致。

（六）內容富有新意，防止述而不議

評論最忌拾人牙慧，最好能發人所未見，給讀者新的啟迪。要做到這一點，作者必須具有廣泛的知識基礎，這樣才能在文章中表現出見識和智慧。評論雖有複述和摘引文字，但應圍繞評論中心，恰到好處地引述或介紹。如能有不同於一般的新穎見解，文章會有更大的吸引力。

（七）語言精確簡練

簡練不是簡略，意思含糊，而是指精闢有力，忌冗贅，不長篇大論。精確簡練的文字，能大大增加評論文章的可讀性。一篇好的評論文章，語言方面應當用詞準確，簡潔鮮明，行文生動，合乎邏輯，具有說服和打動人的力量。而且就像其他書面文章一樣，評論文章的語法一定要正確。寫完之後，宜仔細校對一次，如果發現錯誤，需及時更正。

五、評論的結構

一篇好的評論，在結構上有其要求，標題要鮮明，引論要清晰，本論要具說服力，結論要全面。評論的結構分析，分述如下：

（一）標題

標題是作者對全文思想內容最鮮明最精煉的概括，評論的題目以直接為佳，例如

「評劉以鬯《對倒》意識流手法運用」、「黃碧雲《失城》暴力美學書寫評論」，又或以正副標題表達：「穿梭古今人生 —— 評余秋雨《文化苦旅》」。

（二）引論

簡述論題概況及資料提供的論點及交代背景。引論宜開門見山，首先下定義，然後申論，確定立場。引論開首宜先交代背景，然後以反問或設問方式作出提問，再藉事入題，帶出中心論點（總論點）及表明自己的立場。

（三）本論

文章的正文部分。集中討論若干個分論點（子論點），提供論據，展開論證，分析問題。

正文的結構又分兩大類。首先是縱式結構，縱式結構的論證內容不是並列平等的，而是由淺入深，由小及大，由抽象到具體，逐層深入論述。其次是橫式結構，橫式結構不同的論點，不同的論證並列展開論述，或序列第一、第二、第三，又或以首先、其次、再者、最後來顯示並列層次。

（四）結論

結論用來總結論點和重提立場。收結方法乃總結全文重點、提問讓讀者思考、引權威言論、展望未來、提出建議。一般來說，評論文章需要表達嚴肅或重要的信息，直接和平實的結尾比較適合。結論宜綜合論證結果，提出總論，不宜反複囉唆，不斷重述論據。

六、評論文的要素

從邏輯思維的結構上看，評論由論點、論據和論證三個要素組成：

	論點	總論點 分論點
評論	論據	事實論據 理論論據
	論證	立論 駁論

（一）論點

論點是全篇的核心。句式宜用判斷句，不宜以疑問句或選擇句式出現。評論一般只有一個中心論點（總論點）。中心論點是整篇評論的主觀點，是評論者的立場，亦是全文的主線。有的評價圍繞中心論點提出幾個分論點（子論點），分論點用來補充或解釋中心論點，評論者引用論據，論證子論點，從而闡明總論點。

（二）論據

論據是用來證明論點的根據。論據大體上可分兩種：事實性論據及理論性論據。事實性論據包括可靠的事實和確鑿的數據；理論論據是經過生活驗證，為大眾所認同的道理，包括名人名言、警世格言、俗諺，生活的常規等。

引用論據，要注意三個事項：一，論據必須真實可靠，準確無誤。二，宜選取典型的例子，具廣泛代表性。三，例子篇幅需詳略合宜，引文不宜太長。

（三）論證

論證是用論據來證明論點的過程，擬好論點及理據後，接着便以適合的方法論證，說服讀者接納己見。論證的方式可分兩種：立論和駁論。立論就是渾用確鑿的根據從正面證明自己的觀點。駁論與立論相對，通過駁斥對方的論點論據以支持自己的觀點，駁論以「破」為主。

作者提出觀點，到提供依據，到予以證明，是一個完整的論辯過程，中間三個環節，缺一不可。

總括而言，論點是一篇文章的觀點和主張，也就是文章的中心思

想，表明作者對某個評論對象的態度和評價。評論文章應該只有一個中心論點，評論者必須有自己的觀點，全文也要圍繞這中心展開論述。論點必須明確、集中，而在中心論點之下，可以有若干個分論點，但是這些分論點必須與中心論點保持一致的基調，從不同的角度闡明作者的觀點。

確立論點後，評論者宜把蒐集回來相關的論據分析歸納、整理綜合，將當中隱含的道理跟文章的論點互相聯繫配合，才能使論據發揮作為佐證的功能。這種借助論據來說明論點的過程，就叫論證。論證邏輯要嚴密周到，方可說服讀者。由提出觀點，到提供依據，到予以證明，是一個完整的論證過程。

評論說服力的高低在於能否提出精闢論點，論點背後是否具有有力的論據支持，同時也要看作者的論證技巧是否合乎邏輯，有條不紊。論據是證明論點的材料和依據。有充分的理由和依據，才能令讀者信服；一篇優秀的評論文章，重要的是運用有力的論據說明論點，補充論點，故此論據是論點確立的基礎。論據越真實、豐富、客觀，論點就越具說服力。論證的最後部分是結論，結論要簡明有力，說理充分，重申立場，呼應論題。

七、論證的基本要求

（一）不能轉移或偷換論題

轉移論題，是指自覺或不自覺地離開了原來的論題，而去論述另一個論題。例如，小張到水果店買水果，看見貨架上的香蕉不怎麼好，就問：「老闆，還有好點的香蕉嗎？」店主說：「有剛進貨的桂圓，很新鮮的，又便宜，要不要？」這裏，店主不直接回答小張有沒有好

點的香蕉，而是將話題轉移到桂圓上，大談桂圓如何物美價廉，這就是轉移了論題。

　　偷換論題，則是指論者無法證明自己原來的論點，而在論述的過程中刻意改變，或者於反駁時有意將對方的論點加以改變，然後再去反駁改變了的論點。例如：小張騎車撞到一個行人，二人為着誰是誰非爭了起來。最後，小張説：「我都騎了好幾年車了，難道我會出錯？」行人説：「哼！我還走了幾十年的路呢？難道我連走路都不會？」在這裏，小張不從具體情況入手分析誰是誰非，而將誰對誰錯的論題偷換成他騎了好幾年車，不會出錯的論題，妄圖以此證明責任不在他身上。行人於是奮起反擊，也依樣畫葫蘆，以偷換論題對偷換論題來對付他。

（二）要避免循環論證

　　循環論證，指的是本來用以證明論題的論據，其本身的真實性却反而要依靠論題來證明，是一種邏輯錯誤。例如，一個瘦子問胖子：「你為甚麼長得胖？」胖子回答：「因為我吃得多。」瘦子又問胖子：「你為甚麼吃得多？」胖子回答：「因為我長得胖。」胖子的回答令人啼笑皆非。他回答瘦子的第一個問題時，是以「吃得多」為理由的，這是根據瘦子的問題而回答的內容，問題已解決了。而他回答瘦子的進一步追問時，又以瘦子原來的提問「長得胖」為理由回答，這樣問題又回到了原點。胖子的回答不可能解決瘦子的問題。這種論證，是把對方提出的問題作為自己的論據去回答對方，是沒有意義的。

（三）要儘可能做到全面、多角度進行論證

　　對論點進行論證時，必須選擇合適的論證方法和論證角度。在證明一個論點時，常常要採用好幾個不同的論證方法，變換論證角度，

這不是為了展示論證的技法，而是論證的需要。大多數論點，從一個角度，用一種論證方法去論證，只能完成論證的一個部分或一個側面，不足以完成對論點全面、完整的論證。這種僅從某一方面或某一角度進行的論證，只能使讀者對作者的見解產生某個方面或某種程度的認識，不足以使讀者完全信服。問題的產生必然是多方面、多種因素造成的，往往需要從不同的角度、不同的側面，採用與之相適應的不同的論證方法來加以論證。當然有的論點會相對簡單些，即使只採用一種方法，從一個角度來論證就可以基本說明白，但若能變換角度，從多方面進行論證，往往能使文章更為活潑，加強文章的論證力量。

例如，上文說到的，胖子為甚麼發胖。要論證這問題時，只是從「吃得多」這單一的方面給以說明，似乎問題解決了，但其實是不完整的，還需要從他的生活習慣、對食物的選擇、甚至遺傳因素等方面提供原因，才能得到充分而又科學的證明。

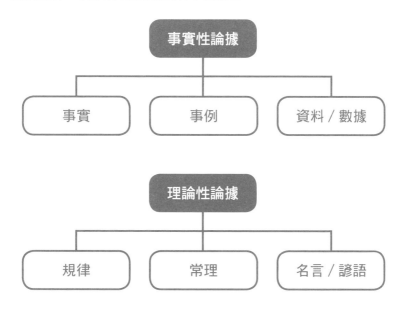

（四）要避免論據的重複使用

對論點進行論證，必須以事實，和公認的道理作為基礎，不能以虛假的謠言，甚至片面的歪理作為文章的論據。同時，在論證的過程中，論據的使用應做到有條理，避免重複使用同一個論據，尤其要避免以同一個論據去說明不同的問題。

例如，某作者要論證甲是一個很有愛心的人，於是寫了甲在某一日幫助獨居老人乙搞衛生。這本來是一個很好的論據。但該作者又覺得僅此一天的話，似乎未能充分表現甲的愛心，於是，他又寫第二天甲又去幫該老人搞衛生，第三天、第四天……都是重複第一天的事。這樣雖然的確是有愛心的表現，但過於單一，讀者反而覺得厭煩。如果不是用這個單一的事實，而是從多方面、多角度去說明，文章不但生動，而且具有令人信服的力量。

（五）反駁時不要犯無的放矢的錯誤

對別人的論點進行反駁時，首先要儘可能全面、準確地指出自己所反駁的是甚麼，即樹立反駁的標靶。這個標靶不能片面，只取其一，不及其餘，更不能歪曲，也不能含混。標靶的樹立，可引用原話（要引關鍵的、要害的，不要引得太多），也可以用自己的話進行概括。射箭要有靶子，反駁要有對象，使讀者明白你駁的是甚麼。決不可自己心裏明白，就以為讀者明白，便不引原文或不向讀者說明別人的論點。

（六）反駁時要抓住實質問題

反駁要擊中要害，避免在枝節問題上糾纏。例如，若要反駁「設立最低工資有助提升港人的生活質素」這個論點，就必須直接指出最

低工資不能提升港人生活質素的種種原因，而不是轉為討論到底應不應該設立最低工資，或最低工資的標準到底應該是多少，這樣就是沒有抓住實質。

八、評論的論證方法

論證方法，指的是確立自己論點的過程和原則，這裏很重要的一點就是揭示論點和論據之間的邏輯關係。

（一）立論的論證方法

1. 直接證明

直接證明主要是通過歸納和演繹的階段來證明自己的論點，是直接揭示論點和論據間的內在聯繫。

① 歸納法

歸納法是由儘可能多的個別事例來證實一般的道理，用現象來揭示本質的論證方法。它又包括下列兩種：

● 完全歸納法

從全部事實中歸納出某種道理。這種方法在揭示論點和論據之間的必然聯繫方面，比例證法更可靠，因為例證法只能揭示某個範圍內的偶然聯繫。例如，歐洲人在發現澳洲之前，觀察到的天鵝都是白的，因此他們就得了一個結論：天鵝是白的。這個「天鵝是白的」的結論，是從對部分天鵝的觀察中得出的，這僅是當時所見的範圍內得出的結論，因而是偶然的，並不是必然的。後來看到了黑天鵝，或其他天鵝，範圍全面了，這才知道先前的結論是錯的，於是得出「天鵝並不都是白的」的真實的結論。所以，完全歸納法能夠避免很多因對

情況未全面瞭解，而作出的片面，甚至是錯誤的結論，因為它的結論是從全部事實中概括出來的。例如，太平洋已經被污染；大西洋已經被污染；印度洋已經被污染；北冰洋已經被污染。由於太平洋、大西洋、印度洋、北冰洋是地球上的全部大洋，經過這樣的調查和證實後，就能得出地球上所有的大洋都已被污染這個結論。

然而，無窮的事物往往是不能用完全歸納法進行歸納的。完全歸納法雖然可靠程度高，但局限性太大，很多情況下難以實現，因此一般論文用得少，部分學術論文用得較多。但是必須認識到，歸納的範圍越廣，項目越多，結論就越接近正確，因此不能以事物不能窮盡，就不作多方面、多範圍的瞭解和歸納。

● 不完全歸納法

不完全歸納法則僅僅考察了某些類別事物的部分對象，都具有某種性質，而推出這類對象全體都具有這種性質。這個方法在實際生活中的應用十分廣泛。但是由於不完全歸納法是以有限數量的事實作為基礎而得出的一般性結論。這樣作出的結論有時可能不正確。

不完全歸納推理又可以分為簡單枚舉法和科學歸納法。

例如，「謙虛使人進步，驕傲使人落後」、「螞蟻搬家，大雨嘩嘩」、「早霞不出門，晚霞行千里」、「種瓜得瓜，種豆得豆」等格言諺語，就是通過日常的一般性的觀察而得到的認識，在邏輯上所用的就是簡單枚舉法。

科學歸納推理雖然以科學分析為主要依據，但科學分析本身仍然是要受到主客觀條件（如，研究者所掌握的背景知識、當時的科技水平等）制約的。例如，從早期大部分對人的解剖中，發現沒有人的心臟是長在右邊的，因此得出人的心臟都是生長在左邊的結論。這是通過科學的手段，經過眾多的觀察得出的結論，所以是科學的歸納。但它歸納的對象雖然很多，卻遠不是全部，事實上，後來的解剖又發現

了確實有人的心臟長在右邊，這就修正了「心臟都是生長在左邊」的片面認識。因此，科學歸納法得出的結論儘管具有相對的正確性，但因它所受歸納對象的限制，結論又不是絕對正確的，所以有繼續補充和修正的可能。然而，為甚麼我們還是看到很多地方在說「人的心臟長在左邊」呢？這時我們就需要特別小心，需要借助統計學的力量。當我們對解剖對象繼續進行統計研究時發現，大約只有萬分之一的人的心臟長在右邊。於是我們得到了新的統計學的科學論斷：絕大多數（約 99.99%）人的心臟長在左邊。當然，統計學的結論，也不是終結性的，因為我們還是不能檢查世界上古今中外每個人的心臟，所以這個論斷，也會不斷受到科學的修正和補充。

② 演繹法

演繹法是用普遍原理來證明某一事理的方法，即由大道理來推演出小道理。這種論證方法是通過簡單判斷推理（直接推理、間接推理、關係判斷推理）和複合判斷推理（假言推理、選言推理、聯言推理、二難推理等）來進行的。

● 運用直接推理的證明法

直接推理是由一個判斷直接推出另一個判斷。這種推理是通過判斷的變形來進行的，比如通過換位法、換質法、換質位法、附性法以及對當聯繫來進行推理。

這種推理比較簡單，它在議論文中對論點的證明，作用不是很大，但對議論的展開、論點的推移還是很起作用的。比如說：「犯罪行為都是有社會危害性的行為」，「沒有社會危害性的行為都不是犯罪行為。」後面的論點是通過換位法由前面的論點推導出來的。又如「醫護人員是白衣天使，香港的醫護人員是香港人民的白衣天使。」再如「資本家是講求獲利的，日本資本家也是講求獲利的。」這是通過附性法來進行直接推理，或者說是通過對當聯繫由全稱肯定判斷推導出

特稱肯定判斷。它將論點由大變小，由空泛變具體，由全部變局部。這種論點的推移在議論文中也是常見的，它能使論點更為具體和深入，在論說文中是開展議論的重要方法。

● 運用間接推理（三段論）的證明法

三段論是藉助一個共同概念把作為前提的兩個判斷連結起來，從而獲得結論的方法。例如：

大前提：醫學上已證明，只要大腦未死亡，就不能宣佈這個人已死。

小前提：經醫生診斷，王九的大腦未死亡。

結論：於是醫生作出判斷，王九未死亡。

因為前提是一般（普遍、共性），結論是個別（特殊、個性）。一類事物所共有的屬性，其中每一個別事物必然具有，所以三段式的推理是必然推理。但是推出的結論要達到正確，需要兩個條件：第一，前提要正確；第二，推理的過程要合乎邏輯規則。

在文章裏面，三段論大多數是以省略的和複合的形式出現。所謂省略的形式是指，三段論中的大前提常被省略，因為大前提是大家所公認的一般道理，將它省略，讀者也能明白。例如，張三是故意犯罪，所以，張三應負刑事責任，這裏就是省略了「故意犯罪應當負刑事責任」這個大前提，但從整體上並不會影響讀者的正確理解。

● 運用關係判斷推理的證明法

前面講的直接推理和間接推理都是以性質判斷為基礎進行的推理。性質判斷是斷定事物有某種屬性的判斷。關係判斷是斷定事物之間關係的判斷。比如「李淵是李世民的父親」，斷定了李淵和李世民之間有父子關係。關係判斷之間有傳遞性和對稱性。a 大於 b，b 大於 c，所以 a 大於 c，這就表現了關係判斷的傳遞性。甲和乙是兄弟，乙和甲當然也是兄弟，所以兄弟關係是對稱的。關係判斷推理，

就是利用關係判斷之間的傳遞性和對稱性來進行推理的。但是這個判斷得出的推理，不全是必然的，必須經過事實的檢驗，例如，甲和乙是朋友，乙和丙是朋友，但不能推出甲和丙一定是朋友。

● 運用假言推理的證明法

假言推理是以假言判斷為前提的推理。假言判斷斷定假設某一現象的出現，這個現象就是另一現象存在的條件，所以也叫做條件判斷。例如：如果一個圖形是正方形，那麼它的四邊相等；這個圖形四邊不相等，所以，它不是正方形。

又如：如果肥料足，菜就能長得好；這塊地的菜長得好，所以，這塊地肥料足。

但假言推理必須注意的是：「若甲則乙」為真，並不能推出「若乙則甲」也為真。例如「天下雨則地濕」為真，並不能推出「地濕則天下雨」也為真，即我們常說的不能反過來說，在邏輯上就稱之為逆判斷不一定為真。

● 運用選言推理的證明法

以一個選言判斷為大前提，以其中的一個或幾個選言支為小前提，以其餘選言支為結論的推理叫選言推理。選言判斷是斷定在幾個事物中至少有一個事物為真的判斷。選言判斷至少包括兩個選言支。選言支之間的關係有兩種：一是相容的關係，即可以同時都真，不能同時都假。另一種是不相容的關係，即不能同時都真，也不能同時都假，也就是說，選言判斷至少應有一個是真的，但不能全都是假的。

例如，要麼小李得冠軍，要麼小王得冠軍；小李沒有得冠軍，所以，小王得冠軍。這段話裏包含着一個選言推理：裏面肯定有一個冠軍，而且冠軍是只有一位的，要麼是小李，要麼是小王（大前提是個不相容的選言判斷）；小李沒有得冠軍（小前提否定一個選言支），所以，冠軍是小王（結論肯定另一個選言支）。

● 運用聯言推理的證明法

　聯言推理是以聯言判斷為前提，以聯言支為結論，或以聯言支為前提，以聯言判斷為結論的推理。聯言判斷斷定幾種事物、情況都存在，它要求各個聯言支都是真的，有一個假的也不行。例如：

　每次科學發現都給科學知識增加了新的內容。(聯言支)

　每次科學發現都使人瞭解到自然界更多的方面。(聯言支)

　所以，每次科學發現都給科學知識增加了新的內容，且都使人瞭解到自然界更多的方面。(聯言判斷)

● 運用二難推理的證明法

　由一個選言判斷和兩個假言判斷作前提的推理叫二難推理。這種推理在辯論中常用，辯論的一方提出一個表示有兩種可能的前提，由這兩種可能所引出結論都是對方難以接受的，所以叫二難推理。例如：

　東方朔偷飲了漢武帝求得的、據說飲了能够長生不死的酒。漢武帝要殺他，於是他為自己辯護，說：

　「如果這酒真能使人不死，那麼你就殺不死我（假言前提）；

　如果這酒不能使人不死，那麼它就不是你所說的長生不死的酒。（假言前提）；

　這酒或者能使人不死，或者不能使人不死（選言前提）；

　所以你或者殺不死我，或者我根本沒有飲了你的長生不死的酒，你沒理由殺我（結論）。」

　這就是一個二難推理。漢武帝認為東方朔講得有理，就放了他。

　以上介紹了七種演繹法。寫作論說文必須掌握說理的方法，在說理過程中，如果不能很好地掌握演繹論證的種種方法，就不可能把道理說得很嚴密。

2. 間接證明

間接證明包括反證法、排他法、類比法、引證法等。為甚麼稱這些方法為間接證明呢？因為它們是從旁論證，不像歸納、演繹，直接揭示出論點和論據間的關係。

① 反證法

反證是通過對反論題（與原論題相對立的論題）的論證，來證明原論題的正確或錯誤的方法。它不直接證明問題，而是先假設對問題「否定的結論」成立，再證明這個「否定的結論」與已知的定理或命題的條件互相矛盾，如此可推論命題成立。

反證法由於同時擺出了截然相反的兩個論題，它們在客觀上形成了一定的對照，因而，能夠突顯其是非的分明性，使被肯定的論題更見其正確，被否定的論題更見其荒謬。這種方法運用得當的話，可以使論證更充分，析理更深刻，說服力更強。此外，由於不是直截了當地證明或反駁，而是近乎「旁敲側擊」，因此，文章雖然是議事說理，卻能顯得生動靈活。運用反證法的關鍵在於：兩個論題必須是對立，性質相反，非此則彼，沒有調和餘地的。這樣，通過對反論題的論證，證明它是正確的。原論題的正確性和謬誤性就能得到有力的，無可懷疑的證明。其次，在論證中，雖然是直接面向反論題，但必須時時顧及原論題，切不可離開原論題而無目的地展開證明或反駁。

例如，古代有一個賢臣被奸臣所害，被判了死罪，皇上顧念他過去的功績，採用了一個由命運來作最後裁定的方法——用兩張紙片，一張寫「活」字，一張寫「死」字，抽到「活」字即可赦免。奸臣陰險歹毒，命人在兩張紙上都寫上「死」字。賢臣得知了奸臣的詭計，在抽紙片的時候，把抽出的紙片馬上吞進肚子裏。由於無法得知其抽到的是甚麼，只好通過剩下的字來判斷。剩下的就是「死」字，據此可反證出被吞下的是「活」字。賢臣就被赦免了。

這就是運用了反證法的生動例子。

② 排他法

證明在同一條件、同一論題下，其他主張、論點都行不通或不正確，從而證明只有自己的主張、論點成立。

例如要論證「中庸之道」是最佳的處世準則，就可以通過證明世間事物只有「中庸適度」、「過度」、「不及」三種情況，而「過度」與「不及」的做法都容易造成傷害，有其嚴重不足之處，因而只有中庸之道才是最佳的選擇。

使用排他法時，要注意一點：不能遺漏一種情況或一種可能。如果有遺漏，論證就不是很嚴密的，得出的結論也不是可靠的。

③ 類比法

類比，是把兩個某些屬性基本相同或相似的事物，放在一起進行比較，從而得出有關結論的方法。其特點是：從個別到個別。即用另一個含意明確的事物來證明這個事物的明確含意；「這個事物的含義」就是文章所要論證的觀點（結論）。這種論證必然包括着兩類事物，二者缺一不可；這兩類事物往往存在着兩種關係：即比較與比喻。這裏的比較，並非雙方對等相比，而主要是用性質相近的「另一個事物」來比較「這個事物」。而「另一個事物」大都是人們所熟知的具體事物或實例。因而，它有時可以對「這個事物」起到人們熟悉的比喻和說明的作用。在具體寫作中，往往會運用寓言、歷史故事，人們身邊的事物等來證明論點的正確。

例如，我們在對地球與火星的比較中，發現它們都繞太陽公轉，又都繞自己的軸自轉；地球上有氮、氧、氫、氦四種元素，火星上也有這四種元素；地球上有大氣層，火星上也有；地球上有大氣壓，火星上也有；地球上有水，火星上也有少量水蒸汽。既然地球上有生命存在，那麼科學家就據此推斷火星上也可能有生命存在。

又如，葉聖陶説：「教育的性質類似農業，而絕對不像工業。工業是把原料按照規定的工序，製造成為符合設計的產品。農業可不是這樣。農業是把種子種到地裏，給它充分的合適條件，如水、陽光、空氣、肥料等等，讓它自己發芽生長，自己開花結果，來滿足人們的需要⋯⋯受教育的人的確跟種子一樣，全都是有生命的，能自己發育，自己成長的，給他們充分的合適條件，他們就能成為有用之才。所謂辦教育，最主要的就是給受教育者提供充分的合適條件⋯⋯辦教育絕不類似辦工業，因為受教育的人絕不是工業原料。唯有沒有生命的工業原料可以隨你怎麼製造，有生命的可不成。」[4] 這裏葉聖陶是把教育、農業、工業三者進行比較，讓人在這三個類別的比較中認識到，教育對人的培養與農業對種子的栽培是相近的，於是得出辦教育「最主要是給受教育者提供充分的合適條件」的結論。

類比是一種形象化的論證方法。它可以使文章説理具體生動，深入淺出，發人深省，行文明快活潑，從而收到文章精煉、內容豐富的效果。同時由於「比較」適於突出事物的特點，「比喻」便於顯示事物的內涵，所以，類比運用得當可以較好地揭示事物的特徵，從而有力地證明論點的正確性。

但是，類比畢竟只是一種論證的輔助方法。其所得出的結論是否正確，往往還待實踐證明。文章如果只用類比論證，便會顯得説理不夠充實；因此，它須同別的論證方法結合使用。此外，用以類比的兩類事物之間，共同屬性越多越好。如果以本質屬性進行比較，結論則會更為令人信服；兩類事物如果沒有或極少共同屬性，則不可類比。

4　葉聖陶：〈呂叔湘先生説的比喻〉，《教育與人生 ── 葉聖陶教育論著選讀》（上海：上海教育出版社，2004 年），頁 90。

④ 引證法

引證法是通過引用事理作為論據，來證明論點的論證方法。所謂事理，一般包括經典作家的言論，科學上的公理和原理，人所皆知的常識以至精警的格言成語等等。這是一種運用理論論據進行論證的方法。但是，它與演繹法不同，演繹法是從理論論據中推出論點，而引證法則是以理論論據證明論點。需做到仔細分析每個理論論據的組成和真實意義，將它引用到最恰當的語言環境之中。

例如，強調立志的重要性，可選用「三軍可奪帥也，匹夫不可奪其志」；強調志向高潔遠大，可選用「燕雀安知鴻鵠之志」；某同學沉湎於網絡世界，可選用「玩物喪志」；某同學不能持之以恒，一曝十寒，可選用「有為之人立長志，無為之人常立志」。

古人劉勰早就指出，引用一些已被大家公認的意見，去說明某個道理，就是最簡單直接的做法。由於意見是被大家公認的，經得起考驗，是客觀真理，無需再加證明，因而具有較大的權威性和鮮明的理論性，所以，直接引來作為論據，既能增加文章的理論色彩，給人確鑿可靠、不容置疑的感覺，使文章具有令人信服的力量，又能給人以精煉深刻、生動活潑的印象，使文章在理論闡述中表現出一定的感人力量。

不過，引證法只是一種輔助性論證方法，往往要同其他論證方法結合使用。在具體運用中，要注意兩點：第一，引用要準確，即所引言論、事理，要注意內容的科學性、理解的正確性、運用的針對性。如果引用的事理本身還須證明，或者所用並非原意，或者與文章的論點未盡相符，那所引的文辭就失去了對論點的支撐力，所持論點亦就得不到證明，而不能成立，甚至成為謬誤。第二，引用要精粹，少而精，不可連篇累牘，堆砌別人的言論，而缺乏作者自己生動的實例和具體的分析。

(二) 反駁的論證方法

駁論是通過駁斥對方論點，證明它是錯誤的、荒謬的，從而證明自己觀點的正確性的一種論證方法。可以從直接反駁該論點、或反駁文中運用的論據和反駁文中的論證過程等三方面下手。

直接反駁論點：對方的論點是反駁的主要靶子，駁論就要瞄準對方的論點。如果對方的論點是虛假的，就用事實來揭露其虛假性；如果對方的論點是謬論，就揭示它的荒謬，顯示它的非真理性。

反駁論據：不直接反駁對方的論點，而去反駁對方的論據，破壞對方論點賴以支撐的基礎，從而駁倒對方的論點。反駁論據時要注意：必須否定掉對方的全部論據或主要論據，揭露對方所運用論據的虛假性和謬誤性，或指出所運用的論據與文章的論點沒有必然的聯繫，這才能否定對方的論點；只否定部分論據，特別是只否定次要論據，那是不能否定對方的論點的。

反駁論證：揭示對方論證過程中的邏輯錯誤，亦即揭露對方論點和論據之間的內在矛盾，從而使對方陷於自我矛盾當中，論據失去了支撐論點的作用。

(三) 駁論技巧

常用的駁論技巧有：直駁法、歸謬法、釜底抽薪法、矛盾法。

1. 直駁法

直駁，就是直接反駁對方論點的方法。實際上，無論運用甚麼方法反駁，是反駁論據還是反駁論證，歸根結底，都是為了否定對方的論點。這是一切反駁的根本目的。而直駁，則是反駁論點中最常用的方法。

直駁法包括三種主要形式。即例證反駁、事理反駁和乘隙反駁。

　　例證反駁，是立論的例證法在駁論中的運用，所不同的是，例證法證明甚麼是正確，例證反駁證明甚麼是謬誤；其長處在於以事實為證，不容置辯。例如，有人認為智力早熟的人都是早亡的。我們要反駁這個論點的話，就可以去尋找智力早熟的人並非早亡的例子。比如白居易，五六歲能作詩，九歲就通聲律，却活到了七十四歲；控制論的創始人諾伯特‧維納，十歲考入哈佛大學，十四歲畢業，也活到了七十歲。他們都屬於智力早熟的人，但並沒有早亡。通過簡單的事例就能成功駁倒原論點。

　　事理反駁，是正面說理，從理論上進行深入的剖析，揭露對方論點的錯誤；其長處在於理直氣壯，聲勢奪人。

　　如果說上面兩種形式是指「用甚麼反駁」，那麼，乘隙反駁則是指怎樣反駁，是通過抓住對方論點的漏洞和矛盾，以子之矛攻子之盾；其長處在於使對方陷於自我否定當中。屠格涅夫的小說《羅亭》中，羅亭與皮卡索夫有這麼一段對話：

> 「好極了！」羅亭說，「照您這樣說，也許就沒有信念之類的東西了？」
>
> 「沒有，根本不存在。」
>
> 「您就是這樣確信的嗎？」
>
> 「是的。」
>
> 「那您怎麼能說沒有信念之類的東西呢？您首先就有一種信念。」[5]

皮卡索夫的主張是根本不存在信念之類的東西，可是他又確信他

5　屠格涅夫：《屠格涅夫全集‧第二卷‧羅亭》（石家莊：河北教育出版社，2000年），頁29。

的這個主張是正確的，而確信一種思想正是一種信念。羅亭意識到皮卡索夫的論斷本身是自相矛盾的，於是直接利用皮卡索夫的後語推翻他的前言。

總的說來，直駁法就是針鋒相對地直接反駁對方論點，旗幟鮮明，寸步不讓，辭鋒犀利，具有嚴密的邏輯性，文章顯得有聲有色，排山倒海，富於雄辯。運用直駁法，反駁固然直接有力，但切忌將文章寫得平直乏味，更忌據理不饒人，甚至辱罵對手。這就需要選用生動的實例，心平氣靜，用事實說理，以理服人，在這基礎上儘可能運用一些修辭手法，或配合運用其他反駁法，使文章能詞藻煥然，有氣勢，有韻味，令對手心悅誠服。

2. 歸謬法

歸謬法，就是通過將對方錯誤的論點或論證過程，進行合乎邏輯的引申，得出荒謬的結論，以證明對方論點有誤的方法。這種反駁方法的特點是「設甲為真」，以結論駁前提。即明知對方論點錯誤，却故意認作是正確的，並以此為前提，進行推理，從而得出一個必然錯誤的結果。然後再用這錯誤結論去推翻前提（對方論點）。

例如，佛教主張不殺生，甲為了論證這個觀點，提出「殺豬變豬，殺牛變牛」，乙馬上用歸謬法作出反駁，他故意承認甲的論點，於是引申：「看來我們只好殺人了，你我的前世應該是殺人犯吧？」

歸謬法是一種「以其人之道還治其人之身」的方法。它將對方論點或論證過程的錯誤加以合理的放大，合乎邏輯地推向極端，徹底暴露全部的謬誤、荒唐，從而將對方逼進破綻百出的絕境，使對方陷於無法辯解的境地，只能束手就擒。這是一種頗具威懾力的邏輯力量。這種反駁法往往會收到令人覺得對方論點根本不值一駁的效果，具有極大的影響力。

歸謬反駁的關鍵在於引申合理。因為它是通過荒謬的結論去證明

前提的荒謬，所以引申得出的結論，必須和前提（對方論點）具有真實合理的邏輯聯繫。否則，反駁不但必然無力，而且會使自己陷於持論錯誤的尷尬局面。例如，一個死刑犯對法官說：「當初我不該殺人，殺人是錯誤的，每個人都不應該殺人。同樣，您或是其他人殺我也是錯誤的。請您改變您的決定吧。」這並非正確的歸謬法，只是一種詭辯，所推及的事物其實並不屬於對方觀點所針對的範疇。要殺犯人的並不是法官，法官只是在執行法律，犯人殺人觸犯法律，而法官是使用法律來懲罰犯人，兩者是不相等的，沒有邏輯的聯繫，因而這個死囚是在詭辯。

其次，所引申出來的結論，必須是讓人一目了然、毋庸置辯的錯誤，而且是對方論點的要害、致命之處。這樣，才能有力地將對方論點徹底駁倒。

3. 釜底抽薪法

釜底抽薪，是通過證明論據的虛假，來反駁對方論點的方法。這就是直接反駁論據，是一種基本的反駁方法。在議論文中，論點與論據是兩個最基本的構成因素。一般說來，論點來自論據，論據孕育論點。論據真實，則論點正確；論據虛假，則論點難以確立。顯然，論點是論據的集中表現，論據是論點存在的基礎。因此，反駁論據，如同釜底抽薪、刨根倒樹，是從根本上展開對論點的反駁。

論據通常有三種，即事實論據、數字論據和理論論據。反駁論據，主要就是有的放矢地從這三方面着手，有力地揭露其事例論據的虛妄，數字論據的虛假，理論依據的荒謬，並由此指出該論據與文中的論點並無必然的邏輯聯繫。由於錯誤的論據必定不能支撐文中的論點，所以，這樣針鋒相對地反駁論據，揭露其虛假和謬誤，就徹底推翻了對方論點賴以生存的基礎，使它失去了必不可少的支撐，而自行破滅。顯而易見，這種反駁方法徹底有力，可以使對方既沒有退路，

更沒有還擊的可能。

例如，宋代司馬光曾經用「侵官、生事、徵利、拒諫」等理由，指責王安石變法是胡作非為、攪亂朝政。王安石《答司馬諫議書》就是針對司馬光所提出的批評一一作出反駁。他首先指出，變法是得到皇上的御准，在朝廷上通過執行的，這怎能叫做侵官呢？變法又是依據先王成功的經驗，是有利於人民的措施，絕不是惹事生非，更談不上與民爭利。在變法中打擊那些造謠生事的小人，與拒諫完全是兩回事。王安石的反駁，言辭簡短，但氣勢非凡，其關鍵就在於揭露了對方論據的虛假，使司馬光的指責完全變成了無稽之談，司馬光的論據一倒，「胡作非為、攪亂朝政」的論點也站不住腳了。

運用釜底抽薪法，應當注意兩點：一，要緊扣論據與論點之間辯證統一的邏輯關係。如果不能證明論據與論點之間並無內在關係，反駁論據必然落空。二，要緊扣反駁論點。反駁論據的目的在於反駁論點。因此，反駁論據與反駁論點不可截然分開；在對論據進行反駁時，要時時有針對性地指向對論點的反駁。

4. 矛盾法

矛盾法是通過揭露對方論點與論據之間邏輯關係的矛盾和錯誤，來駁倒其論點的方法。這是一種反駁論證的方法。論證，就是闡明論點與論據之間內在的邏輯關係，組織論據證明論點的過程。在現實生活中，錯誤的觀點和理論，往往不是坦露無遺的。那些宣揚錯誤觀點和理論的文章，經常藉助於似是而非的邏輯推理，掩蓋其錯誤實質。運用矛盾法，就是要抓住對方在立論中的自相矛盾之處，揭露對方在論證過程中的邏輯錯誤，即：證明這樣的論據得不出這樣的論點。矛盾法的實質，同樣是要推翻對方論點賴以生存的基礎，使之不能成立。

矛盾法，就是一種「以子之矛攻子之盾」的反駁方法。它主要是從兩方面入手：一是揭露對方論點與論據不統一，論據不能說明論

點；二是指出對方闡述論點與論據之間的關係時，邏輯混亂。這是反駁的「突破口」。

　　例如，曾有顧客投訴某飯莊飯菜中出現了兩隻蒼蠅，飯莊寫信答覆「飯菜內有蠅事，經查基本屬實」。呂叔湘據此提出「到底飯菜裏邊是有蒼蠅呀還是沒蒼蠅？有蒼蠅就是『屬實』，沒蒼蠅就是『不實』，這個『基本屬實』應該怎麼理解呢？」的疑問。在飯莊的論證中，使用「基本」一詞是有邏輯錯誤的，因為它是處於「有」與「沒有」的模糊狀態，所以呂叔湘說，「總要有個數量問題，或者說是程度問題，才用得上『基本』二字」。[6]

　　這種反駁方法的特點是：在對方振振有詞，煞有介事的論證推理中，一下子揭出幾個漏洞，使其不能自圓其說；在這個過程中往往可以運用生動有趣的說理形式，甚至筆調略帶諷刺意味，這樣就能對讀者產生語言文字之外的吸引力。同時，由於矛盾反駁是以邏輯理論為武器，即用合理嚴密的邏輯推理去揭發對方邏輯上的矛盾，因而，文章常常能體現出邏輯性強、說服力強的特色。

　　運用矛盾法的關鍵在於抓準對方邏輯推理中的矛盾和漏洞，打開「突破口」。抓得準，才能打得開，才能暴露對方論證的錯誤及其掩蓋錯誤論點的實質，達到將其論點駁倒的目的。

　　寫作議論文並不是謾罵、吵架，而是以理服人，以事實說理，透過嚴謹的論證，在心平氣靜中闡述自己的觀點，與對方展開討論，共同探索事物的真諦。這些立論和論證是科學性和切磋性的統一，不是強詞奪理，更不是糊弄對手。這些方面很值得我們深加體會、探索。

6　　呂叔湘：〈論「基本屬實」〉，《呂叔湘全集》第六卷（瀋陽：遼寧教育出版社，2002 年），頁 400。

九、評論與文獻學

（一）概說

　　這裏所謂的「文獻學」，所指的是一篇評論文背後所依據的文獻材料，也就是註釋與參考書目，而不是指集合考據、訓詁、目錄學在內的專業學問。當然二者不無關係，對文章中的觀點、概念的來源與意義進行註釋說明，按照一定的依據羅列文章所參考的文獻，這本身就是一種考據、訓詁以及目錄整理。因此我們仍沿用「文獻學」這個名稱。實際上，日常生活中見於一般報刊雜誌，或者網站的評論文章，很少有添加註釋、羅列參考書目的情況。註釋和參考書目更為普遍的是出現在學術論文上，學術期刊均會要求論文按照一定的規範來下註釋，羅列書目。然而，從理論上說，不論是否是學術論文，一切的文章都有使用註腳的權利，也有列明參考書目的義務，因此我們有必要掌握使用註腳、羅列參考書目的方法，然後再因應具體的情況來看一篇評論文是否需要註釋與參考書目。

（二）註釋與參考書目的作用

　　為論文中的觀點材料下註釋並羅列參考書目，有兩個重要的目的，一個是避免抄襲（Plagiarism）的嫌疑，一個是說明文章的依據。一篇評論文絕非憑空產生，作者對於所評論的對象，總要先進行一番研究，在研究的過程中形成自己的觀點，然後運用研究過程中所閱覽的材料提出論據，進行論證，以證明自己的觀點。在寫作的過程當中，作者所引用及閱覽的材料，都要向讀者說明，讓讀者知道：一、作者的觀點是如何形成的，是在別人的基礎上提出的，還是完全是自己的嶄新的觀點？二、所提出的論據是有根據的，哪一些是參考別人

的研究得來的？哪一些是自己通過研究得到的？三、這篇評論文是根據哪些文獻材料寫成的，這些參考書目的文獻是屬於多個學科範疇的，還是單一範疇的？註釋和參考書目清楚地說明了這些問題，那讀者便會知道這篇文章的依據何在，同時，既然知道依據所在，作者的觀點，論據的來龍去脈都很清楚，那麼便避開了抄襲的嫌疑。

（三）抄襲的定義

我們雖然知道了下註釋、羅列參考書目的作用是避免抄襲的嫌疑，但是這裏所謂的抄襲並不是單指簡單的搬字過紙，完全照抄別人的文字。因此有必要說明抄襲的定義，這也有助於我們在寫作評論文時判斷哪些地方是需要下註腳的。台灣教育部《重編國語辭典修訂本》定義「抄襲」為：「抄錄他人作品以為己作。」[7]《現代漢語詞典》也說：「把別人的作品或語句抄來當作自己的。」[8] 二者意思相近，也是最常見的對於「抄襲」的理解。值得注意的是，在台灣教育部《重編國語辭典修訂本》中，更將「剽竊」列為「抄襲」的相似詞，換句話說，「抄襲」等如偷東西。在現實生活中，我們很清楚偷取別人的東西是犯罪的行為，在文章寫作上，偷取別人的文字作為自己的文字，同樣也是犯罪的行為。中華人民共和國國家版權局指出：

> 從抄襲的形式看，有原封不動或者基本原封不動地複製他人
> 作品的行為，也有經改頭換面後將他人受著作權保護的獨
> 創成分竊為己有的行為，前者在著作權執法領域被稱為低級

7　語見台灣教育部《重編國語辭典修訂本》網上辭典，「抄襲」詞條。（http://dict.revised.moe.edu.tw/cgi-bin/cbdic/gsweb.cgi）

8　中國社會科學院語言研究所詞典編輯室：《現代漢語詞典》（北京：商務印書館，2001 年），頁 145。

抄襲，後者被稱為高級抄襲。低級抄襲的認定比較容易。高
級抄襲需經過認真辨別，甚至需經過專家鑑定後方能認定。
在著作權執法方面常遇到的高級抄襲有：改變作品的類型將
他人創作的作品當作自己獨立創作的作品，例如將小説改成
電影；不改變作品的類型，但是利用作品中受著作權保護的
成分並改變作品的具體表現形式，將他人創作的作品當作自
己獨立創作的作品，例如利用他人創作的電視劇本原創的情
節、內容，經過改頭換面後當作自己獨立創作的電視劇本。[9]

　　這裏有兩個訊息，一是抄襲就是侵犯他人的著作權，是違法的行
為，二是按照抄襲的手段可分為低級抄襲與高級抄襲。就第一點來
説，很容易理解，但特別要指出的是，在學術界、教育界，哪怕尚未
嚴重到涉及法律層面的抄襲行為，都是不可接受的。一個學生的功課
若是抄襲而來的，我們未必會從法律上給他判刑，但是這門功課的結
果往往就是不合格；若學位論文是抄襲的，那麼這個學生的學位資格
有可能會被取消，不論是本科學士學位，還是苦讀多年的博士學位，
全有可能因為一次抄襲，而毀於一旦；任職大專院校的教師，若其發
表的論文是抄襲的，一經證實也將面臨革職的懲罰。小至一名學生，
大至一位學者，抄襲都是不可接受的。例如本港二零零六年的一則新
聞，便是與抄襲罪行有關的：

　　城市大學一名學生去年就因抄襲須於今年停學一年，連準備
　　應考的財務分析試也被迫取消，並須於明年重修有關科目，

9　語見國家版權局：〈國家版權局版權管理司關於如何認定抄襲行為給青
　　島市版權局的答復 1999（第 6 號）〉，載《黑龍江農墾師專學報》2000
　　年第 2 期，頁 99。

令畢業年期推遲兩年多；而停學期間 3,000 元的全年雜費更
需如期繳交，造成雙重損失。

據多間院校提供的資料顯示，港大、科大、嶺大及教育學
院，過去數年間都有學生涉及抄襲，其中港大及教育學院，
近年每年都有數名學生被證實抄襲，當中更有學生要停
學⋯⋯

本已畢業的 Michael（化名）在去年大學三年級下學期時，
選修管理學院的一個課程，當中需呈交一篇分析國際性網上
拍賣網站財務狀況的論文，佔整科分數 15%。他從網上年報
中複製有關網站的盈利、銷售額及點擊成本等資料，又在網
上百科全書中，複製其中數句有關該網站的介紹，但沒有引
用出處。

Michael 其後於考試期間收到校方通知，指論文中有三分
一內容涉嫌抄襲，並在 6 月接獲停學 1 年的通知，要待下
學年，即 07/08 學年才可重新選修該科或其他科目；因此
Michael 最快要待 08 年才可畢業，足足延遲了兩年。[10]

新聞中的當事人便是因為抄襲而受到了懲處。再比如另一則新聞：

浸會大學中醫藥學院院長劉良，被指在研究論文中重複使用
其曾發表的數據，但沒有引述出處，懷疑涉及學術剽竊。[11]

由於涉及學術剽竊，儘管尚未證實，該名學者也要面對專門調查

10　作者不詳：〈城大生抄襲 停學 1 年延遲兩年畢業 須交 3 千元雜費〉，《經
濟日報》（版數和版刊類別不詳），2006 年 12 月 14 日。

11　石秀恩：〈吳清輝望速結學術剽竊案〉，《星島日報》（教育），2007 年
12 月 25 日。

小組的調查，對其聲譽也會造成影響。

這兩個例子裏所涉及的抄襲手段，也就是第二點所要說的「低級抄襲」與「高級抄襲」，其實就是抄襲的廣義和狹義兩種定義。最常見的搬字過紙，完全照抄，就是「低級抄襲」，也是狹義的抄襲所指：不涉及概念、思想、原理，只就二者表達形式的相似程度來判斷。第一個例子裏的當事人就是屬於這一類別的抄襲。

需要特別注意的是「高級抄襲」：經改頭換面後將他人受著作權保護的獨創成分竊為己有的行為。也就是廣義的抄襲，雖然在表面上沒有抄襲的痕跡，文字並不一樣，但是文章的思想、內容卻是盜取別人的，只是用自己的文字再改寫一遍而已。這樣的情況也會被視為抄襲。中小學裏，教師或常訓練學生，用自己的話把所讀的文章復述出來，不少學生以為這樣不算抄襲。這樣訓練的目的是提高學生的理解能力，提高學習的效果，在中小學階段不會視作抄襲。然而在高等教育的範疇裏，這是不能接受的，以自己的話複述他人文章，不註明出處，且將之作為自己的觀點，這是會被視為抄襲的。

另外還有兩種有抄襲之嫌的行為雖與註釋、參考書目關係不大，但是大專院校學生容易疏忽之處，值得注意。一是小組形式的習作，如在一組中有某組員並未參與任何工作，卻要求將自己的名字列入報告之中，這也是屬於抄襲的行為，因為這位同學等同剽竊了別人的創意成果。還有一種是，用自己以往的習作來應付現在的課業要求，比如拿中學時曾做過的讀書報告，來應付大專院校的中文課程的類似習作。又或者是用某一科的習作應付另一科的習作，例如拿「中國文學導論」的習作去應付「古典詩詞導論」的習作。許多人以為既然都是自己的作品，為何也算是抄襲呢？作者可以參考自己以往的作品和觀點，並展開進一步的論述，只要說明出處便可，但是全篇一字不漏的搬過來，當成全新的文章，則會被視作抄襲，學生並未完成該課程所

要求的訓練。學術期刊也有一條規則，不允許一稿多投，否則屬於自我抄襲，和這類情形有類似的地方。儘管自我抄襲沒有直接損害他人的利益，但是間接的影響了學術資源的分配，作者的影響力也會有造假的嫌疑。例子二的當事人正是屬於這一類的抄襲，他並沒有剽竊別人的研究成果，但是他重複使用了曾發表過的數據，且沒有註明。

（四）下註腳的方法與格式

為所引用的材料下註腳，可分為直接引用與轉引兩種格式。我們先說直接引用。它可以分為有三種情況：

在行文過程中，直接引用他人的文字，所引文字一般以引號「」括出，然後在引號後加上註腳符號，例如：

> 周作人認為「這兩種潮流的起伏，便造成了中國的文學史。」[12]

在行文過程中，引用他人的觀點，並未直接引原文，例如在轉述了他人觀點的文字之後加上註腳符號：

> 學者呂正惠認為在討論中國文學的特質時，如果忽略了散文，則是無法彌補的缺憾。[13]

在行文過程中，若所引用的文字特別重要，或所引文字較長，超過三行，則所引文字應另起一段，空二格，在段末加註腳符號。這種較長的引文雖然也是直接引用，但因已分段空格，故不用在引文外加

12　周作人：《中國新文學的源流》（北京：人文書店，1932 年），頁 34。

13　呂正惠：〈中國文學形式與抒情傳統〉，收入蔡英俊編《中國文學的情感世界》（安徽：黃山書社，2012 年），頁 35。

引號，引文中原有的引號照錄即可，例如：

> 中國文學，從起源上觀察，除了詩以外，至少還有「書」和
> 「辭命」，對後世皆有巨大的影響，而它們竟也是抒情的？從
> 流衍的歷史看，後世文章的龐大傳統或辭賦的內涵，又難道
> 都能用抒情詩去比擬或概括嗎？[14]

在文末尾註或本頁腳註處輸入所引文字或所引觀點的出處，即上
頁及本頁腳註的文字。為方便説明，再羅列如下：

1　周作人：《中國新文學的源流》（北京：人文書店，1932
　　年），頁 34。
2　呂正惠：〈中國文學形式與抒情傳統〉，收入蔡英俊編《中
　　國文學的情感世界》（安徽：黃山書社，2012 年），頁 35。
3　龔鵬程：〈不存在的傳統：論陳世驤的抒情傳統〉，載《政
　　大中文學報》2008 年第 10 期，頁 41。

以上三個的例子也是三種註腳的格式：

例一是引用專書的格式：

作者：《書名》（出版地：出版社，出版年份），頁碼。

例二是引用論文集論文的格式：

作者：〈篇名〉，收入編者：《書名》（出版地：出版社，出版
年份），頁碼。

14　龔鵬程：〈不存在的傳統：論陳世驤的抒情傳統〉，載《政大中文學報》
　　2008 年第 10 期，頁 41。

例三是引用期刊論文的格式：

作者：〈篇名〉，載《學報名》年份期數，頁碼。

三種格式對應三類文獻材料，格式符號皆需準確不能混淆。此外，為了簡潔起見，一般重複的註腳，例如註 3 與前文的註 1 相同，則以「同註 1」表示。另有一種情況，若同一本書，或文章中不同頁碼的內容再次被徵引，則可免去出版資料，例如第一例中的書：

周作人：《中國新文學的源流》（北京：人文書店，1932 年），頁 34。

再次徵引書中內容則格式可簡化為：

周作人：《中國新文學的源流》，頁 35。

再來看第二種，轉引。轉引是指無法直接引用第一手材料，而必須經由第二手材料轉引。例如，文章需要引用一段文字，然而這段文字只能見於其他論文的引用，而無法找到原始的出處，便可用轉引的格式。如上文例一中周作人的這句話：「這兩種潮流的起伏，便造成了中國的文學史。」如果無法用原始材料而從他人論文中引來，則註腳格式如下：

周作人，1932；轉引自作者《書名》（出版地：出版社，出版年份），頁碼。

先列出原作者，及原出版年份，再列出轉引自哪本著作。

需要特別注意的是，從學術角度來看，如無特別理由，一般不會採用轉引，因為轉引說明了文章的作者沒有能閱讀第一手材料，會降低文章的可信度，因此應儘量找到原始出處，採用直接引用。

　　上面所論的都是書面材料的註腳格式，除此之外還有兩種媒介的文獻材料近年來也時常為人引用，即報紙與網絡上的文獻。這兩類的文獻也有其註釋的格式，先看報紙文獻，例如：

　　李向昇：〈一流演員 三流舞台〉，《信報》C05 版（副刊），
　　2013 年 6 月 14 日。

其格式即是：

　　作者：〈篇名〉，《報紙名》版數（版刊類別），年月日。

網站文獻則如下：

　　李向昇：〈活着的過去 —— 評《薄扶林上的雪川鳥》〉，國際
　　演藝評論家協會（香港分會）眾聲喧嘩欄目，http://www.iatc.
　　com.hk/doc/50786，2014 年 11 月 24 日瀏覽。

其格式即是：

　　作者：〈篇名〉，網站名，網址，瀏覽日期。

　　需要特別注意的是，網上的資料繁多，優劣混雜，要注意分辨所引材料的價值和可信度，不能隨意徵引。一個較為簡單的準則是，要留意所引用的文字是否有作者，或是否有負責人或負責機構。若一段網絡上流傳的文字，並無任何作者或機構可以為此負責，那麼這段文字的可信度便可存疑，要小心使用。另外，開放式的，可以任人參與創建及修改詞條的網絡辭典，如維基百科、百度百科等，也要小心使用。

（五）羅列參考書目的方法與格式

　　參考書目一般列在文章的末尾，所列書目的排序要有邏輯，首先

可按照文獻的類別分門別類，然後在各類別中可按照出版的年份或者
作者姓氏的筆畫順序，又或作者姓氏的英文字母順序排列。文獻的類
別一般可分為基礎文獻、研究著作、論文、期刊報紙、網絡資源、外
文書目幾類。而列參考書目的格式與前面的註腳參考相似，相差只是
表達符號與頁碼的標示，例如：

研究專書：

註腳格式：周作人：《中國新文學的源流》（北京：人文書
　　　　　店，1932 年），頁 34。

書目格式：周作人：《中國新文學的源流》，北京：人文書
　　　　　店，1932 年。

論文：

註腳格式：龔鵬程：〈不存在的傳統：論陳世驤的抒情傳
　　　　　統〉，載《政大中文學報》2008 年第 10 期，頁
　　　　　41。

書目格式：龔鵬程著：〈不存在的傳統：論陳世驤的抒情傳
　　　　　統〉，載《政大中文學報》2008 年第 10 期，頁
　　　　　39-52。

我們可以來看一份參考書目的格式：

參考書目：

基礎文獻：

1. 尤侗：《西堂雜俎三集》，《尤太史西堂全集》，四部禁燬
　　書叢刊本，北京：北京出版社，2000 年。

2. 蘇軾著：《蘇東坡集》，上海：商務印書館，1933 年。

研究專書：

1. 余英時：《歷史與思想》，台北：聯經出版事業公司，1976年。

2. 余英時：《宋明理學與政治文化》，台北：允晨文化實業公司，2004年。

3. 郭紹虞：《中國文學批評史》下冊之二，上海：商務印書館，1947年。

論文：

1. 王叔岷：〈論校詩之難〉，載《台大中文學報》第3期（1979年2月），頁1-5。

2. 王汎森：〈明末清初的一種道德嚴格主義〉，載郝延平、魏秀梅編：《近世中國之傳統與蛻變——劉廣京院士七十五歲祝壽論文集》，台北：中央研究院近代史研究所，1998年，頁35-72。

報刊：

1. 李向昇：〈一流演員 三流舞台〉，《信報》C05版，2013年6月14日。

網絡資源：

1. 李向昇：〈活着的過去——評《薄扶林上的雪川鳥》〉，《國際演藝評論家協會（香港分會）眾聲喧嘩欄目》，http://www.iatc.com.hk/doc/50786，2014年11月24日瀏覽。

外文書目：
專書：

Chan，C. "Education for Community Participation: Theory and

Practice in Hong Kong." In The Other Hong Kong Report，edited by Joseph Y. S. Cheng，pp. 155-97. Hong Kong: The Chinese University Press，1997.

論文：
1. Hillery，G. "Definitions of Community: Areas of Agreement，" Rural Sociology 20 (1955)，pp.111–23.

在這份參考書目中，我們可以總結出一些羅列書目格式的規則：

首先，按照基礎文獻、研究專書、論文、報刊、網絡資源、
外文書目的順序來羅列；
其次，按照作者姓氏筆畫順序排列。若前後作者同姓，則按
照出版年份先後排列；
最後，外文書目列於最後，再分專書與論文等類別。

參考書目一般便是根據以上的規則來羅列。另有一些需要注意的
細節是：

1）如某書是由某機構編著，而無單一作者，則作者部分則以機
構名稱代替，例如：

香港青年協會編：《新市鎮發展與童黨問題的關係研究》，香
港：香港青年協會，2000 年。

2）如某書的編者超過一人，不必全列，一般只需列出第一位編
者姓名，後綴一「等」字表示省略，如：

彭定求等編：《全唐詩》，上海：上海古籍出版社，1986 年。

3）台灣出版物以民國紀年者，一律標為公元紀年，即將民國年分加上 1911，便可得公元紀年的年份，例如民國 83 年出版的書籍，其年份應換算如下：

> 廖可斌：《復古派與明代文學思潮》，台北：文津出版社，
> 1994 年。

（六）結語

　　註釋與參考書目是論文寫作的基本規範，一方面可幫助作者避免抄襲嫌疑，另一方面也說明了文章的文獻基礎。在大專院校的各種課程中，專業的論文寫作一般都要求必須有註釋和參考書目，而且必須符合規範。我們不能說有了註釋和參考書目，沒有抄襲的文章就是好文章，但是一篇沒有註釋和參考書目的論文，很可能是一篇空洞無物的，甚或是一篇抄襲的文章，因為這說明作者沒有就所探討的問題展開資料搜集、文獻回顧的工作，作者對該問題的理解便不可能深入。因此，註釋和參考書目可以說是一篇論文的內在支柱，顯示了這篇文章的文獻基礎所在，正文正是在這基礎上建立起來的，因此註釋和參考書目看似是細枝末節，其實十分重要，應該重視。

第八章
社論短評

一、社論的定義

（一）一般情況

　　社論也叫社評，是新聞評論的一種，所謂新聞評論是用來「表述新聞觀點，如『社論』、『論壇』、『時事評論』等，對新聞事件加以分析和評論，表達報紙或個人對事件的看法與立場。」[15] 其中社論主要由新聞機構，如報紙或雜誌的編輯對當時社會上的某個事件、某種言論和思想作出評論。一般來說，社論多由報章或雜誌的編輯執筆，文首和文末都沒有簽名或署名，編輯會每日為自己的報章或雜誌寫一篇社論。值得注意的是，社論不等於專欄，各大報章都會「邀請著名作家、專家學者、專業人士、各界名人等闢欄撰文，分享他們的專業識見、生活感受、社會觀察。」[16] 一般來說，專欄有欄目名稱，同時文首或文末有簽名或署名。

15　賴蘭香：《傳媒中文寫作》，（香港：中華書局，2012 年），頁 33。
16　賴蘭香：《傳媒中文寫作》，頁 34。

(二) 特殊情況

除了上述的一般情況外，有些報章或雜誌打破了社論的慣例，例如《蘋果日報》打破社論由該社編輯撰寫的慣例，邀請名家撰寫當日社論，欄目名為「蘋論」。又如《文匯報》打破一日一篇社論的慣例，出現一日兩篇社論的情況。

二、社論的主要內容

社論是作者藉社論表達對事件、言論的意見或意向。文中出現的個人觀點和主觀期望，與讀者觀點或有異同。如果我們要對社論作出評論，就是對作者的意見作出評論，可稱為社論短評。

三、社論短評的寫作步驟

首先寫作者可挑選最感興趣或當時最具爭議性的熱門新聞。一般來說，各大報章的社評會分別對社會上具爭議性的熱門新聞表現出支持和反對兩種態度。無論寫作者對該新聞持支持還是反對的立場，都能從這些社評中得到很多的參考資料，從中挑選有利論說的資料，藉此豐富自己的論據。

接着是搜集各大報章針對該新聞所寫的社論，並總結、對比不同報章對同一新聞的不同觀點。

第三步是確定評論對象，選定其中一篇社論為短評對象。如想反對原作者的觀點，應選取立論漏洞較多的社論為評論對象，然後以自己的觀點或者其他社論的觀點反駁其論點，並引用新的論據支持自己

的看法。如想讚成原作者的觀點，則應選取立論嚴謹的社論為評論對象，並引用新的論據支持自己的看法。

第四，深入瞭解社論所評論的時事的來龍去脈，追蹤其最新發展。

第五，歸納社論的主要論點，並選取中心論點或其中一至兩個主要論點進行 600 至 800 字的點評。

四、社論短評範式

一、　標題

第一段：引言：（100-150 字）
（一）簡單介紹事件背景。

二、　（二）總結社論的中心論點或主要分論點。
（三）表明自己的立場，讚成？反對？
（四）引出下文將要討論的內容。

第二段：正文：集中討論社論的其中一到兩個分論點。（400-500 字）
（一）總結作者論點。
（二）表明立場，讚成？反對？
（三）讚成，說明為甚麼讚成，並補充一些新的論據，證明自己的見
三、　解正確。
（四）反對，說明為甚麼反對，建立自己的新論點，並提供一些新的
論據，證明自己的見解正確。

注意：如討論的論點為兩個，則分兩段重複以上論述步驟。

第三段：總結：（100-150 字）
四、　（一）總結上文集中討論的論點
（二）重申自己的立場。

五、如何寫社論短評的標題

社論短評的標題可以幫助讀者在最短的時間內掌握文章的中心論點和作者的立場，為讀者提供了閱讀的切入點和出發點，讓他們知道從哪個角度理解文稿的內容，既能提升閱讀興趣，也能增加閱讀效率，同時也是讀者衡量是否繼續閱讀的關鍵。精簡扼要的標題，可以提升讀者的閱讀期待和動機，吸引讀者繼續閱讀文章的內容。[17]

一個好的標題，必須符合兩個準則，第一，要清晰交代論題；第二，要表明自己對這個論題的立場。我們可以參考下面的例子：

（一）好的標題：

〈擴「一簽多行」議定而行〉

優點：清晰交代論題為「一簽多行」，立場為「議定而行」。

（二）存在問題的標題：

〈「驅蝗行動」孰好孰壞〉

問題：立場不清，「孰好孰壞」是疑問句，不能表明作者對「驅蝗行動」的立場。

改正 1：〈「驅蝗行動」功大於過〉

改正後，可清楚知道作者是支持「驅蝗行動」的。

17　賴蘭香：《傳媒中文寫作》，頁 43。

改正 2：〈「驅蝗行動」百害而無一利〉

改正後，可清楚知道作者是反對「驅蝗行動」的。

〈人海都市，政府必須注視〉

問題 1：論題不清，「人海都市」不知所講何事；
問題 2：文字表達不準確，「政府必須注視」無法與「人海都市」搭配。

改正：〈旅遊政策，政府必須重視〉

改正後，論題「旅遊政策」能鮮明地在題目中彰顯出來；將「注視」改為「重視」，則可令文字表達更準確。

六、如何表明立場

任何社論短評都要清晰表明自己的立場，我們在表明自己對社論的立場時，語言要儘量多樣化，避免重複使用同樣的字眼申述立場。我們可以參考下面的例子：

（一） 讚成用語

作者所言極是。
作者之言，一語中的。
此說一針見血。
作者提出的建議，非常有建設性。
作者的言論，相當中肯。

（二）反對用語

本人不敢苟同。

作者此說，實有值得商議之處。

作者之言，有待商榷。

作者之說，簡直是本末倒置。

作者根本沒有看清楚事實的真相。

小思考：你的立場和觀點需要和老師的一致嗎？

七、課後練習

　　請細閱老師在課堂上派發的社評文章，用自己的語言總結文中的中心論點和分論點，並指出你是否同意作者的觀點，為甚麼？

八、社論短評範本

　　範文 2：〈擴「一簽多行」議定而行〉

　　（立場：讚成原作者意見）

擴「一簽多行」議定而行 [18]

《大公報》作者指出旅客數字錄得可觀增長，但背後存在隱憂，內地有必要開放更多自由行城市。該政策對旅遊業界為一大喜訊，同時也會對社會和市民造成困擾，需要從長計議 [19]。作者所言極是，本人將在下文詳細論析。

首先，本人與作者都認為開放「一簽多行」能增加本港旅遊業的收入，令香港經濟有所增長。根據香港旅遊發展局統計數據顯示 [20]，14/15 年度首六個月入境過夜旅客的消費為 105,271.22 百萬元，而入境不過夜旅客的消費為 37,238.25 百萬元，過夜旅客比不過夜旅客帶來更大的收入。現時持「一簽多行」訪港旅客人次，高達 85% 都屬不過夜旅客 [21]，帶來的收益並不是十分大。作者認為如對某些中國北方、東北方城市開放政策，由於距離及交通的原因，這些城市的訪港客必定為過夜旅客，將會為香港帶來龐大的收入。可見執行「一簽多行」是對香港經濟有利的。

其次，擴展「一簽多行」政策是可行的。作者讚成開放北方與東北「自由行」城市的構思，但也明白本地市民反對這個政策，是擔心

18　此文是學生的功課，筆者已取得該生的授權，並在其基礎上稍加潤飾。

19　作者不詳：〈增開「自由行」可議要慎行〉，大公網，http://news.takungpao. com.hk/hkol/politics/2015-01/2900586.html，2015 年 1 月 24 日刊登，2015 年 2 月 25 日瀏覽。

20　香港旅遊發展局：〈旅遊業最新統計資料概覽〉，香港旅遊發展局，http:// partnernet.hktb.com/tc/research_statistics/index.html，2015 年 2 月 20 日瀏覽。

21　作者不詳：〈一簽多行自由行 85% 不過夜〉，《經濟日報》官網。http:// www.hket.com/eti/article/20b48f33-48b0-42c8-ae38-57a629fa7426-250238，2014 年 12 月 31 日刊登，2015 年 2 月 20 日瀏覽。

這會為香港帶來更多的社會及民生問題[22]。本地居民指責自由行旅客爭奪本地資源，陸客來港人數持續上升，令香港公共運輸系統承受龐大的負擔[23]，再加上兩地的文化差異等問題，曾引發多次類似「驅蝗行動」[24]的衝突。以致本地居民抗拒開放自由行。本人認為若要開放更多內地自由行城市，港府需先撫平市民的情緒，再向中央提出收緊「一簽多行」政策，由現時一年內無限次往返香港，修訂為一年內最多往返六次或每月一次，藉此限制出入的次數，便能舒緩以上所提及的社會和民生問題。即使日後開通更多自由行城市，但實際上來港的人數卻能限制在一定人數之內。這樣一來，擴展「一簽多行」便能在少數反對聲音下實行了。

　　是否擴大「一簽多行」這個議題，仍有商榷餘地。開放「一簽多行」確實能為香港經濟帶來增長，然而這個措施必須受到若干條件的

22　作者不詳：〈增開「自由行」可議要慎行〉，大公網，http://news.takungpao.com.hk/hkol/politics/2015-01/2900586.html，2015 年 1 月 24 日刊登，2015 年 2 月 25 日瀏覽。
　　潘柏林：〈香港已經超負荷，集十萬簽名反一簽多行〉，《蘋果日報》電子版，http://hk.apple.nextmedia.com/news/art/20120906/18009281，2012 年 09 月 06 日刊登，2015 年 2 月 25 日瀏覽。
　　香港電台：〈鏗鏘集：迫爆香港〉，youtube，https://www.youtube.com/watch?v=mNV5zmCJiz0，2014 年 5 月 9 日發佈，2015 年 2 月 25 日瀏覽。

23　就港鐵而言，自 2007 年「一簽多行」開始適用於內地 49 個城市，過境綫每月總乘客量持續上升，由 2007 年 12 月的 8243 人次，上升至 2015 年 1 月的 10109 人次。可見「一簽多行」的開通給本港基建帶來壓力，某些港鐵站如沙田站則長期人頭湧湧，為香港部分地區帶來負擔。香港鐵路有限公司：〈乘客量資料〉，香港鐵路有限公司，http://www.mtr.com.hk/ch/corporate/investor/patronage.php#search，2015 年 2 月 25 日瀏覽。

24　鄭啟源：〈廣東道百人遊行，斥內地客搶港資源，網民建制組織開火、「驅蝗」爆罵戰〉，《蘋果日報》電子版，http://hk.apple.nextmedia.com/news/art/20140217/18628136，2014 年 02 月 17 日刊登，2015 年 2 月 20 日瀏覽。

限制，港府應充分諮詢各界的意見，評估社會承載力，以平衡港人利益及內地同胞訪港權利。

參考資料

1.　作者不詳：〈增開「自由行」可議要慎行〉，大公網，http://news.takungpao.com.hk/hkol/politics/2015-01/2900586.html，2015 年 1 月 24 日刊登，2015 年 2 月 25 日瀏覽。

2.　作者不詳：〈一簽多行自由行 85% 不過夜〉，《經濟日報》官網。http://www.hket.com/eti/article/20b48f33-48b0-42c8-ae38-57a629fa7426-250238，2014 年 12 月 31 日刊登，2015 年 2 月 20 日瀏覽。

3.　香港電台：〈鏗鏘集：迫爆香港〉，youtube，https://www.youtube.com/watch?v=mNV5zmCJiz0，2014 年 5 月 9 日發佈，2015 年 2 月 25 日瀏覽。

4.　香港旅遊發展局：〈旅遊業最新統計資料概覽〉，香港旅遊發展局，http://partnernet.hktb.com/tc/research_statistics/index.html，2015 年 2 月 20 日瀏覽。

5.　香港鐵路有限公司：〈乘客量資料〉，香港鐵路有限公司，http://www.mtr.com.hk/ch/corporate/investor/patronage.php#search，2015 年 2 月 25 日瀏覽。

6.　潘柏林：〈香港已經超負荷 集十萬簽名反「一簽多行」〉，《蘋果日報》電子版，http://hk.apple.nextmedia.com/news/art/20120906/18009281，2012 年 09 月 06 日刊登，2015 年 2 月 25 日瀏覽。

7. 鄭啟源：〈廣東道百人遊行　斥內地客搶港資源 網民建制組織開火「驅蝗」爆罵戰〉，《蘋果日報》電子版，http://hk.apple.nextmedia.com/news/art/20140217/18628136，2014 年 02 月 17 日刊登，2015 年 2 月 20 日瀏覽。

8. 譚靜雯：〈今光復上水站驅水貨客〉，《蘋果日報》電子版，http://hk.apple.nextmedia.com/news/art/20120915/18016511，2012 年 9 月 15 日刊登，2015 年 2 月 24 日瀏覽。

第九章
書評

一、書評概論

(一) 甚麼是書評

　　書評是對書籍的內容和形式進行評論及分析的文章，是對某一本書的基本內容、體系構架、觀點立場、思想意義、寫作特色、作者情況、裝幀設計等其中若干方面的介紹和評論。書評是現代社會中傳播知識信息和分享觀點的常見文類，常出現在報章的副刊、文化雜誌、學術期刊甚至電視等傳播媒介上，有時也以書本的序、導言或跋的方式出現，現代社會各種新媒體，如臉書、微博、微信等，也有專門發表書評的平台。

　　書評的寫作目的是評價某本書。或是對某本書有所批評，或是在某本書中有所發現，寫出來公諸同好，或是對某些問題與作者有不同的看法，以書評的方式與作者交流、討論，所以書評的寫作包含了概述、導讀、賞析、評論等不同功能。

　　書評的基本要素是介紹和評論。首先要讓讀者對書的基本內容有所了解，例如作者、出版信息、內容和形式方面的特點等等。但書評不能僅僅對書進行複述和簡介，須在介紹書本的基礎上加以評價，表達自己的觀點和意見，指出其創意、不足和價值所在。書評切忌斷章

取義、以偏概全，或全憑個人的情感和好惡妄加評說。一篇好的書評，既要讓讀者了解書本的真實情況，又要寫出自己獨特的閱讀體驗和認識，還要寫得有理有據、有説服力。

小學語文課就開始訓練學生寫「讀後感」。那「讀後感」是書評嗎？從廣義的書評來看，只要是表達了對某本書的看法的文章都能稱為書評，從這個角度看，讀後感也是書評的一種。但狹義上的書評，是一篇對書本進行評論和分析的文章，與讀後感有明顯的區別。讀後感以自己讀後的感悟和感想為中心，甚至只是以此書作為一個引子，引出自己對其他問題的感悟和思考，可以天馬行空，寫成一篇抒情或議論的散文。書評雖然也包含主觀性的觀點和閱讀體驗，但這些體驗、評論以評論的對象即書本為中心，即便以散文的形式來寫，也是一篇關於這本書的散文。

另外，也要注意書評和讀書筆記的區別。讀書筆記是讀者閱讀的札記，他們可以在筆記中概述內容，摘錄自己感興趣的句子，或者記錄一些閱讀印象，不需要組織行文，也不需要令人信服的論證，主要的讀者是自己，有備忘錄的性質，不能算書評。

（二）書評的價值

書評是書籍世界的入口。現代社會信息發達，在浩如煙海的讀物面前，讀者需要選擇。通過閱讀書評，人們可以用較短的時間了解一本書的價值，因此能更快地選擇，讓自己擴展視野、接觸更廣闊的知識世界。而寫書評，需要我們深入細緻地理解書的內涵，並用文字把自己的閱讀收穫清楚表達出來，從閱讀到寫作的過程，既鍛煉敏鋭的細節觀察能力、理解力和藝術感受的能力，又能鍛煉描述、歸納、分析、論證等不同功能的寫作方式，是一個有效而全面地提高文化素養的綜合性實踐。

（三）書評的類型

　　書評既然有「評」，必然包含主觀的感受、判斷和體驗，在介紹與評論之間，在理性的分析論證和生動的主觀感受、情感體驗之間，不同類型的書評會有不同的側重點。從書評的寫作目的和功能來看，書評也有不同的類型，有多種多樣的風格和形態，有以介紹為主的書評，有以描述對作品的感悟為主的書評，也有以分析、論證為主的學術性書評。

　　一、簡介式書評：報刊、出版社編輯推薦書的書評，側重於推薦圖書，介紹新書的基本內容及評論其特點，篇幅一般較為短小。

　　二、隨筆式書評：這類書評常見於報章副刊和人文休閒雜誌，形式較為自由，語言風格也較個人化，常常用散文的形式傳達對作品的感悟和印象。這類書評繼承了中國古代詩品、詩話的筆調，或以「閒話」的方式娓娓道來，或以幽默潑辣的筆調展開對書本的評論。這類書評雖然不着重推理、分析和論證，但並不是散漫無邊的抒情散文，須言之有物，有其條理和章法。例如朱自清評孫福熙的遊記散文《山野掇拾》，文章很少對原著的引述和論證，多用比喻性的文學語言描述感受，但條理清晰，層層深入，先從這篇遊記的「畫工」講起，再講它的詩意，再講他的哲學，不但顯出批評者纖細敏銳的體驗共鳴，也顯出他作為一個學者的明晰的觀察和深邃的思考[25]。

　　三、導讀式書評：是一種引導性的書評，常常由某行業的專家撰寫，以書的導讀或者序的方式出現，有對學生或大眾讀者進行普及、推廣知識的作用。這類書評通常會介紹書中的主要內容，引導讀者去

25　王先霈主編：《文學批評原理》（武漢：華中師範大學出版社，2000年），頁 234-236。

注意書籍的特色和價值所在，有時也會提醒讀者書中容易忽略的地方，或者對比較難以理解，容易引起誤解的內容加以解釋。導讀式書評往往要連帶介紹作者，使讀者讀這本書前對作者有所了解，有時也會特別告知讀者這本書出版的特殊歷史文化背景，或者寫作的某些特殊背景材料。例如在台灣出版的《三毛典藏》一書中，導言除了介紹三毛的寫作歷史、國際影響，這套典藏的出版信息之外，還特地點出了三毛文學技巧的高妙之處，使讀者對這本書有較全面的了解。

四、論文式書評：書評較注重分析和論證，目的是學術文化交流，書寫方式因而也相對規範。引言、結論須明晰表明評論者的觀點，文章主體部分則要層次清晰地對自己的觀點加以分析論證。隨筆式、導讀式書評不講究資料引用的註釋規範，而論文式書評對引用、註釋的規範較為嚴格。對於文學著作，這類書評會深入地分析著作的思想意義，鑑賞作品的藝術風格、特徵和意境等，指出它的優點和缺點（如果有的話），或者與其他作家作品同異之處；如果是評論學術著作，則對其價值、觀點、研究方法和學術貢獻發表評論，作出價值判斷。比如陳平原的〈非專業的文學研究 —— 讀錢穆講述，葉龍整理《中國文學史》〉，認為錢穆的《中國文學史》是一個歷史學家客串講授文學課的記錄整理稿，不該以專業水準來衡量其價值，才能準確地為此書定位 [26]。文章逐一論證、分析書中錢穆的課堂呈現的通才理念以及文化自信，清晰地論證了這本書的價值並不在於文學史方面的貢獻，而是在於錢穆的文化理念。作者不讚同媒體和出版商過高地評價這本書的專業水準，通過這篇書評，他與同行交流、對話，並有力地

---

26 陳平原：〈非專業的文學研究 —— 讀錢穆講述、葉龍整理《中國文學史》〉，《東方早報‧上海書評》網絡版，http://www.dfdaily.com/html/1170/2016/6/12/1356229.shtml，2016 年 6 月 12 日。

論證了自己的觀點。

書評的形態是多種多樣的，學習寫書評可以從隨筆式的書評開始，因為形式較為自由，以散文的方式傳達個人閱讀感悟和印象也相對容易，而論文式書評則要用規範的學術性寫作表達出個人的閱讀體會和觀察，能鍛煉作者歸納、論證、分析等多方面的能力，因而本章第三節教授的是論文式書評的寫法。

二、書評的寫作準備

（一）做讀書筆記

寫書評的起點是閱讀。初讀只能留下印象，在反復細讀後才能深入理解書本的內容，尤其是思想深刻、藝術精妙的作品，更需要細讀才能體會其深意。做讀書筆記是書評寫作的重要基礎。簡單記錄即時的真實閱讀感受和看法，也可以用標籤的方式標註出寫書評時可能會引用的地方。讀書心得和筆記雖然比較零散，但蘊含着寫作時能深入展開和闡述的論題，個人化的「感受點」越多，就越有可能找到自己獨特、有創意的觀點。

（二）思考問題

在做讀書筆記時，同時思考以卜問題，在真實的閱讀感受和體驗中形成自己的觀點，有助挖掘到獨特的評論角度。

首先，貫穿這本書的主題是甚麼？從哪裏可見？嘗試一句話寫出這本書的主題。例如「這本書通過引人入勝的故事，展現了重慶大廈居民與國際商品、金錢、理念之間錯綜複雜的聯繫。」

如果不確信自己是否準確地歸納了主題，可以換一個問題思考：

作者打算做甚麼？他做到了嗎？例如，「作者嘗試在這本書中揭示人性的複雜，而他做到了。」

此外，可以思考這本書有甚麼特色？給我留下了甚麼印象？書中哪些地方讓我有這種印象？和同類書籍比較，它有甚麼特點？例如「這本書感覺很簡單，通俗易懂，有幾個地方寫得特別好笑，跟其他相同題材的書比較，它比較有幽默感」。

最後，寫作者可以想：這本書我最喜歡的是甚麼？最不喜歡的是甚麼？如果是文學類的書籍，可以思考書中最讓我感動的是甚麼地方，並思考為甚麼。例如某本小說中有一個場景特別使你感動，很可能是因為這個場景展現了主人公某種濃烈感情或者心境，或者用了某種特別的文學手法。通過思考這個問題，我們不但能深入理解作品的主題，還會注意到作者如何突出這個主題。

總體而言，可以從其內容和形式兩大方向去考察一本書，即「關於甚麼」和「如何寫」兩個方向。

（三）資料的蒐集

在書評寫作前，需要蒐集與作品相關的資料，包括作者生平、寫作時代及背景，還有別人對這本書或者相關主題的研究和評論。這些資料可以幫助我們深入理解書本，並幫助我們形成自己的觀點。

資料分一手資料、二手資料。就書評來說，一手資料就是評論的書本本身。二手資料，包括在其他資料上查到的作者寫作背景和生平、作者的自傳、回憶錄、訪談，以及其他人對這本書、或者相關主題的研究和評論。要特別注意選擇可靠的二手資料。書本的導言、學術期刊上的論文和相關的研究專著都是常用的二手資料。研究專著可以通過圖書館的目錄找到，期刊論文則要用到電子文獻資料庫。資料蒐集有很多方法，包括查詢圖書館館藏、工具書、搜索網絡資源等。

現在數碼科技發達，圖書館裏能方便快捷地找到圖書、期刊、報紙、學位論文等資料，資料蒐集要充分利用圖書館的豐富資源。以下是幾種最常用的資料蒐集方法：

首先，我們可以通過圖書館館藏查詢搜索資料：在圖書館目錄網頁上蒐集資料時可先列出一些可能與主題相關的關鍵詞，再作檢索（甚至複合關鍵詞檢索），然後作不同程度的篩選。可從作者、文題、文本的重要部分、文類、背景搜索，用「and」及「or」的功能以助收窄範圍。

其次，大多數圖書館都有免費或者訂購的電子期刊文獻服務。

以下是一些常用中文資料庫：

中國期刊全文數據庫 (PolyU CPCE)

http://www.cpce-polyu.edu.hk/lib/content.php?cms=985

香港文學資料庫 (Web)

http://hklitpub.lib.cuhk.edu.hk/search_sim.jsp

台灣國家圖書館中文期刊篇目索引影像系統 (Web)

http://readopac2.ncl.edu.tw/ncl3/index.jsp

香港中文期刊論文索引 (Web)

http://hkinchippub.lib.cuhk.edu.hk/index.html

電子剪報 （PolyU CPCE）

http://lib.cpce-polyu.edu.hk/

第三，我們還可以利用互聯網搜索引擎。谷歌、百度、維基百科、雅虎、互動百科等搜索引擎，能找到許多關於作者或者書本的資料，或者提供線索，幫助找到這本書的相關評論，但要注意的是，互聯網搜索出來的信息未必可靠，不能把維基百科、互動百科作為註釋的出處。本教材評論寫作的章節中有關於註釋規範的說明，此處從略。

（四）論題的選取

在閱讀書本時應全面地考察其內容和形式，但寫書評應有一個評論的焦點和角度，確定一個論題，對書本加以評析、論述。

因為書評的價值在於展現自己對書本的獨特看法，所以論題要避免人云亦云，越有原創性越好。正如上文所說，原創性的基礎是細緻敏銳的觀察和閱讀思考，在蒐集資料、閱覽旁人的研究成果後，再檢查、篩選自己的閱讀筆記裏的「感受點」，思考如果把這些感受點發展為一個論題，是否能推陳出新。如果研究資料裏已經有類似的論題，則可以思考這個論題裏面是否還有值得繼續討論和補充的層面。例如張愛玲的〈傾城之戀〉，女主角從上海到香港，遭遇了現實中的日本佔領香港的戰爭，也經歷了一場愛情的男女之戰，已經有許多文章探討過小說中戰爭的書寫，如何表現男女情慾之戰，以及戰爭在情節發展，展示主題方面作用等等，如果選題仍然是關於戰爭，則要另闢蹊徑，例如集中討論小說中大量使用的戰爭意象，就是在新的層面上有所推進。

另外，書評的選題角度要大小得宜，有些書評會從一個角度切入，把閱讀體驗和思考層層深入地加以展現，也有些書評會較為全面地評價一本書，要根據具體情況具體考慮。如果一個論題大到必須分成數個分論題加以論證分析，論述的範圍非常大，涉及的資料也很多，塞在一篇書評中寫完，寫作時間和篇幅都有限制，只能是籠統概括地論述，淺嘗輒止。例如評《紅樓夢》，如果論題是探討書中的性別書寫，就是一個大論題，因為《紅樓夢》牽涉到許多性別的議題，有對同性戀的書寫，有對女性生存處境的書寫，而書中還有眾多女性形象，其特點和遭遇也各有不同，既要分析其形象和處境，又牽涉到小說中的性別態度，在一篇書評的篇幅中，很難有細緻的觀察和深入

的討論。但如果是像《論大觀園暮春放風箏的象徵》[27]，從大觀園女孩子們暮春放風箏的場景切入，分析書中是如何用放風箏作為一個女性處境的象徵，就是一個小的切入點，能深入展現出作家藝術創造的巧妙用心。當覺得選題太大時，可以考慮縮小評論的範圍，在大論題中選擇一個較有特色的層面加以論述。但也要注意選題角度不能太小，容易使書評層次單薄，言之無物。

選取書評的論題還要注意量力而為，考慮自己的知識積累和學術修養能否駕馭這個論題，要寫力所能及的評論。比如楊絳的《我們仨》，如果選題是討論這本書所展現的家庭親情，或者是它的藝術特色，只要有過文學閱讀的經驗，了解一些基本的文學手法和技巧，便能在書評中討論書中所展現的情感主題和其藝術特徵，但如果要評論書中所展現的中國現代知識分子歷史境遇和精神面貌，則要對中國現代歷史政治有較深入的了解，才能準確深入地評論，否則就只能拾人牙慧，甚至會錯漏百出。

除此以外，一個恰當的評論角度應根據書本的具體類型和特色來選擇。不同類型的書，評論的角度也會有所不同。以下主要分類從文學類和非文學類的書進行說明。

1. 文學類書籍

文學類的書籍包括小說、詩集、散文隨筆、劇本等。戲劇、小說屬於敘事性的作品，可以從作品的主題、人物形象、情節、敘述技巧、語言風格、修辭手法等角度切入；如果是散文、詩歌，除了主題外，還可以從其語言風格、煉字、節奏、隱喻、象徵等方面切入。以下就一些常用的評論角度略加說明。

27　王潤華:〈論大觀園暮春放風箏的象徵〉，載《第三屆清代學術研討會論文集》(高雄:台灣國立中山大學，1993 年)，頁 503-522。

①主題：主題是文學作品中表達出來的一個基本觀點。小說、戲劇會通過講述故事來展現對世界的看法，包括對社會問題、道德、人性的思考探討等等，而詩歌也會通過抒發情感和意象的使用來呈現一個主題。書評可以評論一本書的所展現出來的主題，例如〈金庸《射鵰英雄傳》中的俠義觀念〉一文，就是探討《射鵰英雄傳》中的俠義思想。要注意，一部文學作品的主題並非論述類文章的「中心思想」，越是複雜的作品，所涉及的社會生活內容越豐富，作家對世界的認識和評價也越複雜，主題就越可能有多重性和多義性，寫書評時可以選取一個主題，對其內涵和表現方法加以分析評論，有時也可以分析一個文本裏多重主題的具體構成。

②情節：情節是敘事性作品中組織事件和細節的次序。以情節作為論題，可以考察作者安排情節的方式及其效果。小說從哪裏寫起？安排了哪些矛盾衝突？是否有伏筆？是否有多條情節線？不同的情節線之間怎樣互相聯繫？故事的結尾的處理是否合適？故事的結局安排表達了作者對世界／現實的甚麼看法？如果以情節作為評論角度，不能僅僅停留在小說情節是否新奇、刺激的層面，因為這樣無法判斷小說藝術的優劣，須討論情節構思在人物刻畫、主題表達或者美感營造等方面的效果。例如〈情節的魅力——《邊城》中的情節空白〉一文，就是以小說《邊城》的情節構思特色為論題，分析作者如何學習和運用國畫留白的藝術手法，把某些情節作模糊處理，給讀者留下聯想和再創造的空間。

③人物形象：如果小說成功地塑造了鮮明的人物形象，可以討論這些人物形象有甚麼特徵（不限於其個性特徵，還有其社會身份、道德觀念、處境等等），主人公有甚麼遭遇？經歷了甚麼變化？還可以更深入地指出作品用了哪些情節／手法塑造人物形象、而這樣一個人物形象展現了甚麼主題。例如《南海十三郎》成功地塑造了一個編劇

天才的形象，從人物形象切入，能深入地分析這本書。

④敘述技巧：敘述技巧包括敘述者、敘述人稱和角度的安排、對敘述時間的處理（倒敘、插敘、時間的跳躍）等等。作家別出心裁的敘述方法對小說的特色和風格來說至關重要，因而在小說的書評中，敘述技巧是一個很常見的評論角度。例如《拾香紀》，以少女十香作為小說的敘述者講述香港的家庭故事，就是一個值得注意的敘述特色。

⑤修辭手法：常見的修辭手法有象徵、隱喻、反諷等。無論是詩歌中意境的創造，散文中的個性風格，還是小說中主題的展現，都離不開某種修辭手法的使用。例如〈淺談張愛玲《金鎖記》中的月亮意象〉一文，就是探討小說中頻繁出現的月亮的象徵意義。

⑥語言風格：幽默、平實、含蓄、婉約、辛辣等等，通常指小說的敘述口吻，或者是散文的個人化風格。比如我們常說魯迅的雜文辛辣，梁實秋的散文幽默，錢鍾書的議論文幽默，就是從語言風格的角度而言的。

要特別注意的是，評論文學作品的藝術手法，須要從其「特色」切入，也就是選擇作品中頻繁出現的、或在表達主題效果方面特別突出的藝術手法來評論，不能把書中的藝術表現手法，例如行為和心理描寫，抒情和議論，比喻和象徵等種種表現和手法羅列一遍，就能證明其「寫作手法巧妙」。因為每一部文學作品都會用到一些基本的表現手法，書評的論題如果是「使用了豐富的寫作手法」，就等於沒有選題和切入的角度，書評就變成了一道填空題，失去了評論的意義和價值。

2. 非文學性書籍：

非文學類的書籍範圍廣泛，包括社會科學、歷史、人物傳記、科

學、經濟等不同的領域，這些書的書評選題其實也離不開評論其「寫甚麼」和「如何寫」兩個大方向，具體地可以從以下三個方面考慮選題：

①評論書本的觀點、立場、寫作的目的，書本的意義或價值，提出了甚麼創見？對讀者有甚麼啟示？

②評論材料運用的方法：作者選取的材料有甚麼特別之處？他選取了甚麼作為他的研究個案？這些材料作為論據可靠嗎？作者能否駕馭他的材料？是否能得出作者的結論？例如《偏見的政治——讀〈蘇北人在上海〉》一文，指出歷史學家韓起瀾選取了上海人對蘇北人的偏見作為研究的個案，分析其具體的章節內容用了哪些素材，還指出書中所缺漏的部分。

③評論該書的文體特色。也就是這本書是以「甚麼形式」寫的問題，如構思、佈局、論證方法、語言風格等等。例如，龍應台的《大江大海一九四九》和一般歷史書的敘述風格迥異，《天水圍十二師奶》以採訪手記的方式寫社會觀察，這些都是值得分析的文體特色，可以作為書評的選題。

在書評寫作中應綜合地對以上三方面加以全面的考量，但仍舊要根據具體的書具體地選擇論述的重點。

三、書評的結構

（一）書評的標題與引言

完整的書評結構如下：

一、　　　標題

二、　　　引言

三、　　　正文（主體部分）

　　（一）論點一，論據一、論據二、小總結

　　（二）論點二，論據一、論據二、小總結

　　（三）論點三，論據一、論據二、小總結

　　（四）（餘下部分，可據上述三個論點的格式類推）

四、　　　總結

　　其中，引言、正文主體及總結構成了書評的正文全文，正文主體每一個分論點可以用一個小標題統領。以下將針對每一部分的撰寫分而述之。

1. 書評標題

　　與所有的文章一樣，書評開頭也需要用簡明語句標明文章的內容，亦即標題。好的書評標題不僅可以提示所評作品的主要內容、重要特色、學術貢獻，由此吸引讀者閱讀，同時還可以通過正副標題的形式，展示自己的文學素養。在林慶彰、何淑蘋合著的《書評寫作指引》中提到書評標題的以下幾種類型：「直接表述式；開門見山式；帶有情感式；帶有聲色式；含蓄式；畫龍點睛式；對聯式；及古詩式。」[28] 該書並未將八種書評標題分類詳加說明，在實際寫作中，我們對書評標題的分類也不需要如此細緻。在本節，我們將以上數種類型的標題簡單歸納為單標題方式和正副標題方式兩大類型。

28　林慶彰、何淑蘋：《書評寫作指引》（台灣：萬卷樓股份有限公司，2014 年），頁 41。

①單標題方式的書評標題

首先來看單標題方式。在上一節中，我們分析了如何找到有價值的書評角度，亦即是書評論題的選擇。書評論題的選擇直接影響着書評標題的擬定，而單標題的方式要用簡潔的短語直接揭示論題。譬如同樣是以魯迅小説《阿 Q 正傳》為評論對象，標題可以反映書評寫作者對小説內容的關注，如：「淺析《阿 Q 正傳》中的精神勝利法」，又或者反映書評寫作者對小説寫作手法的強調，如：「魯迅《阿 Q 正傳》諷刺手法探析」，而這一論題也可以再延伸為對作品主題意義的分析，例如「評〈阿 Q 正傳〉對國民劣根性的諷刺批判」。單標題直接揭示論題的方式最大的優點，是能讓讀者一目了然地了解所評作品的重要特色（無論是內容或是形式上的重要特色），由此判斷該作品是否自己感興趣的類型。譬如「談〈今生今世的證據〉的個人經驗與共同情感」，從這篇書評的標題中，讀者即使還未閱讀〈今生今世的證據〉，也能據此判斷該作品大概的內容。

單標題方式的書評標題需要在這個單一標題中提到評論對象，即所評作品的標題。這樣也會暴露這類書評標題的弱點：如果所評作品的標題很長，那也會導致書評的標題很長，從而削弱標題的表現力和概括力，使之看起來不夠簡潔。那麼如何解決這一問題呢？我們寫作書評，最常用、最有效率的標題還是第二類正副標題形式。

②正副標題方式

在介紹社論時，我們也提到過正副標題的形式，並基本明確文章的正標題通常是對內容的概括性表述，而副標題則是評論對象。因此，在書評的正標題部分，我們可以用來對書評內容重點進行概括，與單標題的方式一樣，這裏也可以表現對所評書籍的主題、手法、價值等方面加以提煉，而副標題可以以「淺評」、「評」、「讀」動詞等帶出書評對象。正標題與副標題之間可以用破折號或者冒號連接。

在「讓『成見』不驅而散 —— 讀《新賣桔者言》」這個標題中，「成見」二字是與書名《新賣桔者言》中的「新」字相呼應的，因此，正標題提示了該書內容中對「成見」的批判和改寫。「此情可待成追憶 —— 胡蘭成《今生今世》評說」的正標題則引用了古詩，這也是一種常見的正標題方式，引用古詩可以增強標題的文學趣味，也是一種比較含蓄的手法。正題所引用的詩句必須與所評書籍有內容上的切合點，譬如這句「此情可待成追憶」，原本是李商隱《錦瑟》一詩中尾聯中的前半句，熟悉詩句的讀者可以預期胡蘭成的《今生今世》是回憶過往逝去那些感情。因此，引用古詩句，既要對原詩有較明確的認識，又要符合所評書籍的意境，同時針對不同的讀者對象，又不能太深僻，因此這種方式對書評寫作者的文學素養要求較高。

我們選用香港中文大學主辦的《二十一世紀》書評欄目的幾個書評標題為例看看正副標題形式可以如何提示、呼應正文論題：

> 例 1：吳盛杰：〈國際化視野下的太平天國史 —— 評裴士鋒《天國之秋》〉（2016 年 6 月號）

正標題中的「太平天國史」提示了《天國之秋》的「天國」所指，即說明了本書的研究對象，其次「國際化視野」則為本書研究太平天國的特色體現。

> 例 2：馬若德：〈研究當代中國的一塊宏大奠基石 —— 評宋永毅主編《中國五十年代初中期的政治運動數據庫》〉（2015 年 4 月號）

毫無疑問，正標題是對《中國五十年代初中期的政治運動數據庫》這本書研究價值的論斷。

例 3：賈慶軍：〈在日本能否找到中國？——評吳偉明編
《在日本尋找中國：現代性及身份認同的中日互動》〉
（2015 年 8 月號）

正標題採用了問句形式，而「在日本能否找到中國」是對書名所提內容的一種質疑，由此可見，本書評對《在日本尋找中國》一書有一些批判性的見解。

例 4：龔浩敏：〈光影折射中主體意識的辯證法——評 Yiman
Wang, *Remaking Chinese Cinema: Through the Prism of
Shanghai, Hong Kong, and Hollywood*〉（2015 年 12 月號）

正標題學術性較強，亦是對所評書籍在中心內容上的學術評價，為免標題太過枯燥，正標題還用了文學性略強的「光影折射」來暗示本書所評論的媒體對象是聲光化電的電影。

例 5：王曉燾：〈不能承受的希望之重——讀《唯一的希望：
中國獨生子女政策下的新時代》〉（2011 年 12 月號）

這篇書評介紹的是有關中國獨生子女狀況的書籍，而正標題「不能承受的希望之重」不僅是回應本書的分析主體，同時也表達了對這一議題本身的看法。這也提醒我們，書評不僅只是評價這本書的寫作，同時對書本所涉及的議題也要有足夠的了解，甚至要在書本觀點的基礎之上，對此議題做出自己的一些評論。

最後，不管是單標題形式，還是正副形式的標題，書評的標題一定要與書評評析的內容重點相關，否則哪怕標題如何文辭華麗，也會因為文題不符而白白浪費了命題的功夫。所以，有些寫作者習慣在寫完全文之後再擬標題，也是不無道理的。

2. 書評引言

書評的引言屬於正文的第一部分，它的功能是帶出所評析的書籍對象，并說明相關背景，由此切入論題。我們先來看幾段書評引言部分的文字：

①（a）在海外中國電影研究進入一個各式「後民族 - 國家」話語與範式湧動的時期，（b）美國夏威夷大學出版社於 2013 年出版的《中國電影重拍：透過上海、香港與好萊塢的多棱鏡》（*Remaking Chinese Cinema: Through the Prism of Shanghai, Hong Kong, and Hollywood*，以下簡稱《中國電影重拍》，引用只註頁碼）一書，（c）在眾聲喧嘩中發出了獨特的聲音。（d）該書是加州大學聖克魯茲分校電影與數字媒體系教授王亦蠻的第一部英文學術專著，為加州大學戴維斯分校比較文學系教授魯曉鵬主編的「批評介入」（Critical Intervention）系列叢書的第四部。（e）在下文中，筆者將從全球與國族話語的空間性、書寫的「去本質性」，以及滬港兩地電影的關係性等三方面，考察該書在當今中國電影研究中的位置。[29]

分析：（a）提出了本書研究的理論背景；（b）和（d）交代書籍出版概要；（c）則扼要地評價了該書的價值；（d）層次鮮明地交代了書評的探討重點，提示下文。

②（a）香港中文大學日本研究學系吳偉明教授於 2010 至

29　龔浩敏：〈光影折射中主體意識的辯證法 —— 評 Yiman Wang, *Remaking Chinese Cinema: Through the Prism of Shanghai*, Hong Kong, and Hollywood〉，《二十一世紀》2015 年 12 月號（2015 年），頁 113。字母為筆者所加，下同。

2011 年組織北美、日本及中國兩岸三地學者進行了「從近現代日中文化交流看現代性及身份認同的探索」這一課題的研究，其研究成果就是《在日本尋找中國：現代性及身份認同的中日互動》（引用只註頁碼）。（b）該論文集分為三部分：文化交流篇（6篇）、思想交流篇（6篇）、政經交流篇（5篇）。（c）其主旨就是要從中日近現代各種交流中找到雙方在現代性塑造中的相互影響和各自的自我認同。下面我們將從幾個方面來歸納該書的具體內容和觀點，並試着做出評價。[30]

　　分析：（a）是該書編寫的緣起，讓讀者了解編者及著作者背景，書籍研究課題，以及編寫時間；（b）分類介紹本書的三個重點研究方向；（c）明確提出書籍的主旨，並提示下文。

③（a）1960 年代末至 1980 年代初的中國，以暴風驟雨的方式經歷着二十世紀以來最深刻的一場巨變。新政權在完成了社會主義改造後，開始按照偉大舵手的革命理想對社會進行徹底的顛覆和改造。這一時期轟轟烈烈的上山下鄉運動機器孕育出的知青一代對 1980 年代以來中國的發展與走向影響深遠。這場一波三折、歷時十餘年的運動，不僅導致新中國面臨毛澤東所謂「開除球籍」的整體崩潰，也決定了一代人顛沛流離、跌宕起伏的生命軌跡。他們曾被新政權的強制性人口遷移政策集體裹挾並甩出時代洪流；然而，改革開放

30　賈慶軍：〈在日本能否找到中國？──評吳偉明編《在日本尋找中國：現代性及身份認同的中日互動》〉，《二十一世紀》2015 年 8 月號（2015年），頁 141。

　　三十年來，知青一代開始在變遷的社會結構中相繼歸位，其中脫穎而出者在黨政機關佔據要職，開始成為紅色政權的接班人。

　　在一個不斷變化發展着的社會，每一代人在其生命週期的同一階段所經歷的生存環境存在較大的差異，造就了每一代人具有鮮明特色的思維定勢和生活方式。（b）儘管關於知青一代羣體的影視及文學作品、調查報告乃至學術研究成果日漸增多，但意識形態的禁區與身份認同的局限導致不少作品與成果凸顯的「傷痕」控訴替代了深邃的學理反思。（c）這一瓶頸也使得從 1970 年代即致力於研究知青問題的法國學者潘鳴嘯（Michel Bonnin）的《失落的一代：中國的上山下鄉運動，1968-1980》（*Génération perdue: Le movement d'envoi des jeunes instruits à la champagne en Chine, 1968-1980*，以下簡稱《失落》，引用只註英文版頁碼）一書，至今仍為知青研究領域難以超越的一部開山之作。（d）如張抗抗所言，該書可謂是迄今為止史料最為全面豐富、最具思想深度的知青歷史研究專著。（e）潘著以法文、中文、英文等多種語言先後出版，引起研究者與社會各界的廣泛關注，相關書評層出不窮。[31]

　　分析：（a）作者用較長篇幅闡述了知青這一羣體的歷史概況，可令讀者對《失落的一代》所評述的對象有些感性的認識，（b）和（c）分析了這一研究課題成果的局限性，由此突出書評對象《失落的一代》

31　胡悅晗：〈拓展知青研究的幾點探討 —— 兼評潘鳴嘯《失落的一代》〉，《二十一世紀》2016 年 2 月號（2016 年），頁 110-111。

的特殊價值；(d) 引述作家張抗抗的話，帶出該書在知青研究課題領域的學術地位；(e) 出版及評論現狀。

④（a）胡蘭成（1908-1981）出生於浙江嵊縣，漢奸頭目汪精衛的紅人，曾經擔任汪偽南京政府宣傳部政務副部長，《中華日報》社論委員會總主筆。抗戰勝利後逃亡日本。1974 年到台灣。對胡蘭成在民族大義的失節，歷來學術界並無爭議，因為這是不容質疑的事實。(b) 但是，胡蘭成寫於1954 年的《今生今世》卻一次次地在華文世界掀起波瀾，學者、專家、讀者各抒己見，爭論不已。特別是中國社會科學出版社於 2003 年首次全面在中國內地正式發行了《今生今世》以來，更是一石激起千層浪，讀者們或指責該作的熱銷是對以周作人為首的漢奸文學熱的一種推波助瀾，或主張不可因人廢文，胡蘭成的《今生今世》應是中國散文中散落的一顆明珠。……那麼，這部作品到底有何難以抗拒的魅力呢？[32]

分析：胡蘭成是中國現代一個有爭議性的作家，(a) 簡要介紹了他的生平及其爭議點所在；(b)《今生今世》在學術界引發的褒貶不一的爭論，是對本書研究現狀的概述，由此引發正文。

⑤（a）《天工開物·栩栩如真》是董啟章自 2002 年開始創作的自然史三部曲的第一部，它是一部二聲部小說。(b) 作者不僅寫香港，而且探討了人類在這個世界上的生存狀況。

---

32 朱麗萍：〈此情可待成追憶 —— 胡蘭成《今生今世》評說〉，《萍鄉高等專科學校學報》，2006 年第 4 期（2006 年），頁 90。

（c）前聲部是作者以文字工廠的想像模式創造出的人物的世界，反映了生活在物質高度發達與集中的城市裏的作者對人與人之間關係的個人化感受；後聲部是作者以給栩栩寫信這種對話方式來追溯自爺爺董富以來的整個家族史、成長史，利用物件背後的故事串起過往的時間，而結晶化的時間又構成當時特定的空間。從日常物件的歷史中看到作者的城市審美感受，正是這部小說的主題。[33]

分析：（a）介紹本書的作者、大概結構及內容；（b）概述本書的主題；（c）細緻列舉本書兩個聲部的結構、內容以及各分部的主旨。

由上述例子及分析可見，書評的引言雖然各自寫法略有不同，但概括起來不外乎以下這些內容：

第一，簡要交代有關此書的基本信息。這些信息包括作者的生平簡介，通常涉及背景有特殊性的作者，例如有「漢奸」之稱的胡蘭成；可以涉及作品的背景，例如作品創作時的理論熱潮（例①）、作品研究課題的時代背景（例③），又或者是書籍所涉及課題的研究現狀（例③、④）；在此基礎之上，再概述本書的特點、價值、研究地位等。

其次，概述本書重點內容，引出中心論點和總體性的評價。這可以包括對書籍內容與結構的介紹以及對書籍主題的直接揭示（例②、⑤），同時略述對本書的整體評價（例①、③）。

在把握了引言的主要內容之後，還可以適當潤色一下寫作技巧，嘗試寫出個人特色，避免譬如內容豐富、描寫細膩、文筆清麗等這些

33　孫雯：〈物化城市中人的失落 —— 淺談董啟章《天工開物·栩栩如真》〉，《名作欣賞》，2013年第15期（2013年），頁21。

公式化的讚美之詞。引言之所以具挑戰性，是因為其目的是要抓住讀者注意力，使他們產生讀這篇文章的強烈願望。因此，在文字表達上，引言可以採用設問、反問或排比的方式，引用他人評論（例③）、社會與歷史現實等以吸引讀者（例③），又或者在引言提出一些問題，在正文中回答（例④）。總之，讓讀者初步了解了書籍的基本內容，並且產生了閱讀興趣的引言便是成功的引言。

（二）書評的主體

書評正文的主體部分是逐步展開分論點和論據的過程，內容包括具體介紹、分析、評價或討論書籍的內容與形式，也是書評寫作的重點內容。在書評的主體架構中，我們大概可以採用兩種不同的結構方式，其一是先介紹、分析書籍所有內容，再對書籍內容觀點加以評論和總結；其二是將書籍內容觀點以不同的評論層面分為各個分論點，再逐一介紹、分析和評論。

例如書評《偏見的政治──讀〈蘇北人在上海〉》，就是用了第一種結構方式，除了前四段的引言，從第五段開始直到第十七段都是對全書由導論直至最後一章內容的評價，第十八段承上啟下地總結了對本書研究意義的看法，繼而提出對本書觀點缺失的批評，接下來便用了六段文字對書籍觀點一一質疑與補充。[34] 這種結構方式比較容易令讀者全面了解書籍的觀點構成，在此基礎上再與書籍進行理論對話，層次比較容易把握。另外一篇書評〈物化城市中人的失落──淺談董啟章《天工開物‧栩栩如真》〉則用了第二種方式結構全文，它的分論點包括：一、隱形墻後‧人物誕生；二、物件背後‧時空融合；

34　錢霖亮：〈偏見的政治──讀《蘇北人在上海》〉，《二十一世紀》2012年6月號（2012年），頁139。

三、書信對話‧隱藏孤獨。[35] 每一個分論點都是對《天工開物‧栩栩如真》這本書某一個層面的概述與分析，由人物與物件的關係，到物件所體現的時空意義，最後再到小說敘述形式（書信體）對主題表達的影響，層層深入地評析了本書的主題意義及藝術價值，令讀者對本書的內容與形式都有了全面的認識。

以下我們可以根據評介書籍類型的不同，大致分為文學與非文學兩類作品來看如何找到書籍的評論角度，在此基礎之上再去為書評尋找恰當的分論點。

1. 文學類書籍

文學類書籍包括小說、散文雜文、詩歌、戲劇等不同體裁的文類，我們可以從以下幾個方面來探索文學類書籍的要義：

①內容方面：人物形象的塑造（適用於小說、戲劇及記人的散文）、意象選用[36]（適用於小說、散文及詩歌）、主題構成等；

②形式方面：文學類書籍（尤其現代文學）的表達形式紛繁複雜，很難在本書為大家一一舉例說明，大體而言，可以再細分為如下幾個方面：

表達方式：如敘述、描寫、議論、抒情、說明；

表現手法：如想像、聯想、象徵、渲染、烘托、對比等；

敘述方式：如順敘、倒敘、插敘、補敘等；

結構特點，文章線索（如以某個中心事件為線索，以人物、感情、時間、空間為線索等）、結構方式（如由淺入深縱式結構、並列

35　孫雯：〈物化城市中人的失落 —— 淺談董啟章《天工開物‧栩栩如真》〉，頁 21-22。

36　例如張愛玲作品中常常描寫到月亮與鏡子，這種反覆出現的意象在作品中有不同的象徵含義。古詩裏常常有梅蘭竹菊，也有其各自語境中的象徵含義。

橫式結構、縱橫交錯式結構等）；

描寫方式：如人物的肖像描寫、心理描寫、語言描寫、動作描寫、環境描寫等；

抒情方式：如直接抒情（直抒胸臆）、間接抒情（借景抒情、寓情於景）等；

語言風格：如幽默、辛辣、平實、自然、明快、簡明、含蓄、深沉等；

其他如意境的創設、虛實結合、以動襯靜、動靜結合、修辭手法等等。

我們要注意的是，內容與形式的分析並非割裂的，對作品藝術手法、構思技巧、語言特點的分析是為內容分析服務的，單純停留在作品寫作技術性層面上的分析很難深入到作品的內容主題表達，而後者才是理解一本書的重點。因此，以上所有對文學類書籍形式的評介均要落實在這些形式所表現的效果上。例如不單要指出作品何處用了象徵手法，更要指出這個象徵有何隱含之意，而這種隱含之意與主題表達有何關係，這樣才能將形式與內容結合，點明書籍的要義。譬如在古典名著《紅樓夢》小說中曾出現「風月寶鑒」這個道具。賈瑞調戲鳳姐不成，反被鳳姐設計報復，一嚇成病。在他病入膏肓之時，一跛足道人贈其「風月寶鑒」鏡子，但警告他此鏡不可照正面。但賈瑞拿起鏡子反面一看，是令人驚懼的骷髏，嚇得趕緊反過來看正面，正面則是笑吟吟的鳳姐。賈瑞不能抵抗正面照鏡的誘惑，最終因色亡命。由情節可見，骷髏的恐怖並不會令賈瑞喪命，笑顏的鳳姐看起來美好，卻是勾人魂魄的奪命之像，故而「風月寶鑒」並不僅僅是小說內容中無關宏旨的一個道具，它甚至與小說的主旨有着千絲萬縷的聯繫。我們在做書評時便不能停留在情節敘述上，不僅要明白「風月寶鑒」是一個象徵，更要指出這個象徵物件的含義之一是看事情不能只

看表面，真與假往往不是一眼能分辨的。

2. 非文學類書籍

所有社會科學、工商政經以及科學性的書籍都可以歸類為非文學性書籍。非文學性的作品通常以陳述現象，闡述道理，證明觀點，得出結論為要旨，不太講究文字表達，從表現手法上來看，非文學性書籍也比文學性書籍要簡單很多。我們也大體從內容與形式兩方面來看這一類書籍的分析角度應當如何把握。

①內容方面：探討寫作目的、選材特色、書籍思想價值以及內容上的創新性、獨特性等[37]；

②形式方面：

構思技巧：如寫作思路（由表及裏、由淺入深等）、行文佈局（開門見山、畫龍點睛、以小見大、層層深入、過渡與呼應）等；

選材特點：如材料來源的意識形態性，多樣與單一，材料的說服力和時效性等；

論證方法：如立論與駁論的特點，事實與理論論據的運用等。

以上羅列的文學類與非文學類書籍的評析角度並不能在一篇書評裏窮盡，通常書評構思前可以羅列出所有閱讀體會，從中擇取最有心得的幾個方面構成書評的分論點，再分層次逐點評析，這樣才能令書

37　譬如我們評論呂大樂寫的《那似曾相識的七十年代》（香港：中華書局，2012 年），我們可以介紹這本書寫作目的是為了糾止大多數人認為香港的七十年代是黃金時代的看法，從而探討這本書在內容上的創新性是重新審視了七十年代殖民地香港的一些往來文件、機構設立、大型商場的出現等材料，從而提出香港七十年代的黃金時代乃因為當時中英外交磋商時的一些外交和治理手段，其本意並非要造福香港。由於對材料解讀的觀點獨特，故此在思想上也具有一定的創新意義及價值。我們做書評便要抓住這些評論角度。

評有突出的中心，明晰的結構，清楚的觀點。這也是書評主體內容的基本要求。

在書評主體部分，我們還要注意避免以下幾個誤區：一、評論的角度特別多，為求面面俱到而每個角度都淺嘗輒止，從而削弱對作品深層次的評析，也沒有重點；二、書評結構缺乏規劃，沒有明晰的層次感（可用小標題模式避免此問題）；三、評析作品只有觀點，缺乏例證，或者只引用作品原文，卻缺乏對引文的分析（下一節分析書評的敘、析、評會對此詳加說明），即論點與論據要相互配合；四、在評論作品過程中，涉及作者自己的感情、經歷，例如小說中寫到親情，書評中則聯想到自己與親人的感情，這種讀後感式的文字不適宜出現在學術性較強的書評之中。

（三）書評的結尾

書評的結尾要總結全文對書籍的評價，用簡潔有力的語言總結對此書的觀點與評價，還可以適當展望一下對本書研討課題的研究前景。書評結尾要避免簡單重複正文的分論點，注意語言的豐富變化，另外，還要避免在結論中出現文中未提及的新的評價觀點，以免論述不足。來看幾則書評結尾的例子。

> ①（a）回顧全書，用長歷史看族羣身份建構與變遷的困難或許也正在於此。作者用不過百頁的篇幅（中譯本正文共117頁）描述了近一百三十年中國近代史中一個族羣的演變歷程；（b）而塑造這一歷程的宏大社會背景更是紛繁複雜，其中涉及的歷史行動者又多種多樣，這些都對作者掌握的研究素材和視野提出了很高的要求。（c）這也為如我輩後學者

思考歷史的社會文化變遷發出了一個警示的信號。[38]

　　分析：（a）是對全書內容的再一次概述，（b）則承接上文提出本書研究的不足，指出此研究課題的難點所在，（c）為後輩學者的未來研究提出了反思。

　　②（a）《今生今世》兼具抒情詩和小品文的優美筆觸，表現自然，民風和人性的美，描繪了童年所見到的風物、人情，是一幅詩情濃郁的浙東風情畫，充滿牧歌情調和地方色彩，形成別具一格的抒情鄉土散文。（b）胡蘭成在某種程度上甚至可以說是幸運的，他的情感極為細膩敏感，常人輕易放過的地方，他總能細細體味。因而他的文字嘮叨瑣碎，卻有一種常人所不能擁有的美麗魅力，（c）台灣詩人余光中就說：「《今生今世》文筆輕靈圓潤，用字遣詞別具韻味，形容詞下得尤為脫俗。胡蘭成於中國文字，鍛煉極見功夫，句法開闔吞吐，轉折回旋，都輕鬆自如遊刃有餘，一點不累力氣，清嘉而又婉媚。」[39]

　　分析：（a）概述了《今生今世》的文學品格，（b）則是對胡蘭成創作特色的提煉，（c）以余光中對胡蘭成文字的評價引文作結。

　　③（a）作者將文字擴展成一個無限大的想像世界，其中夾雜了他在城市生活的種種感受，並渴望通過塑造虛擬的人物形象來完成自我的救贖。於是打造了單純善良的少女栩栩，給予她不斷追尋美好的勇氣和力量。又在與栩栩的對話中通

38　錢霖亮：〈偏見的政治 —— 讀《蘇北人在上海》〉，頁 139。
39　朱麗萍：〈此情可待成追憶 —— 胡蘭成《今生今世》評說〉，頁 93。

過對日常物件的描寫，揭露了因物引發的過往的種種思緒。
（b）作者用浩浩蕩蕩的文字展示了一幅歷時長久的人與物件
的關係圖，反映了個人、家族以及城市發展的歷史，更是反
映了生活在物化城市中人對物、人與人之間關係的感受。這
種探尋與揭露這正是這部小說的成功之處。[40]

　　分析：（a）回應前文第一與第二小標題，概述人物與物件的關
係，（b）藉着對主題的揭示，提出本書的成功之處。

④（a）回到開始，這部論文集名為《在日本尋找中國》。那
麼，我們能否在日本尋找到中國呢？竊以為，他人之鏡固有
助於正己，但最終還是要依靠自身的努力來發展自己、完善
自己。一味活在他者的眼光中，無疑仍受制於人。當能夠把
他者的眼光看成台階，當成一個暫時的過渡，我們才能夠超
越他者之束縛，在最切己的自然狀態中盡情揮灑，最終登入
殿堂，成就最高境界的自由和自我。（b）總的來說，這部論
文集的研究已經非常出色了，我們期待其後續研究有更多精
彩之作問世。[41]

　　分析：（a）呼應本書評的正標題「在日本能否找到中國？」，前
文並未對標題的問號做出答復，結尾處表達了書評寫作者對此的看
法，也是對本書內容的總體性意見；（b）評價本書價值。
　　由以上書評例子可見，書評結尾可呼應分論點（例③），點題④，

40　孫雯：〈物化城市中人的失落 —— 淺談董啟章《天工開物 · 栩栩如
　　真》〉，頁 22。
41　賈慶軍：〈在日本能否找到中國？ —— 評吳偉明編《在日本尋找中國：
　　現代性及身份認同的中日互動》〉，頁 151。

可概述全文內容及主題（例①、③）、寫作特色（例②），可評論研究議題的成功之處、困境及前景等（例①、③、④）。書評結尾是對自己評介內容的高度概述，語言要精練，表述要精準，如果還能發人深省，引起更多思考就更成功了。

四、書評的寫作要點

（一）書評的敘述、分析與評論

書評是一種評論文體，而評論對象是書籍，故而在書評內容中必然包含有三種表達方法，其一是敘，亦即敘述介紹，是對書籍基本資料的介紹，包括對書籍研究課題背景的介紹，對作者背景、寫作特色的介紹，對作品內容的複述或引用，這一部分還可以可摘錄原著文句；其二是析，即分析，是對作品思想內容、藝術特色等進行揭示的過程；其三是評，評論、評價是通過分析得到的結論，其中包括與作者觀點的對話，對作品地位和意義的評價等。以上三種表達方法由淺及深，缺一不可。敘是析、評的基礎，析是對敘的歸納整理，評是對敘、析的升華。總體而言，書評寫作當以自己的意見為主要內容，故而析與評的內容應佔全部書評的大部分，而敘（包括對原文的引述）雖則不可或缺，但也不宜太多，通常以不超過書評內容的三分之一為限。

敘、析、評三種表達方式在書評中可以有明確的分野，譬如上一節提到的書評〈偏見的政治——讀《蘇北人在上海》〉用了先敘後析、評的結構；而這三種表達方式也可以在書評內容中互相雜糅，例如上一節中提到的書評〈物化城市中人的失落——淺談董啟章《天工開物·栩栩如真》〉，在三個分論點中敘、析、評互相結合。但即使是在

先介紹書籍全部內容，再整體批評補充的結構中，敘、析、評也不是完全割裂的。我們來看如下的例子：

①（a）自第二章開始，作者首先討論上海人／江南人口中的「蘇北」所指涉的地理區域。她指出，這個名稱的確指向一個地區（而不是一個省或者縣），但這個地區與其說是一個客觀存在，毋寧說是一個被想像出來的區域——它的地界和內核都極富爭議。於是，作者傾向於將其視作對一個特定地區的地理、文化、語言和經濟同質性的想像。（b）為論證這一觀點，她依次從地理、語言和文化標準來探討，最終歸於經濟和移民的視角上，總結出作為想像之地域的「蘇北」，是相對於「江南」的一個時空性質的象徵／信念，而這個象徵／信念的生產過程理應回歸到以上兩者的區域經濟發展的歷史過程中去，回歸到「蘇北」移民和「江南」在地者長期互動的歷史中去。[42]

　　分析：（a）是較大篇幅的直敘，（b）雖然也是對書籍內容的敘述，但顯然也包含了作者對書籍層次的理解和概述，我們從「依次」、「總結」、「回歸」這些詞語可以看到，所以這一部分內容實際上是敘、析結合。

②（a）在本書中，作者令人信服地使用「蘇北人」的個案來闡述族羣作為一種區分人羣的方式，是如何在特定歷史社會情境中利用一些元素（比如籍貫）加以實現的。（b）對讀者而言，同樣重要的是，這個長時間段的具體歷史個案研

究，向我們展示了文化偏見是如何形成並在歷史進程中如何得以延續的。這對於當今這個全球化的時代，不同人羣在更大的範圍內相遇並進行經濟、政治和文化互動的過程以及結果，提供可參考的理解途徑。然而，筆者認為本書亦有相當多的不足之處，以下將一一提出疑問。[43]

　　分析：(a) 主體上是析，但「令人信服」一詞則帶上了評價的意味，也是作者對書籍説服力的看法；(b) 有析有評，前面分析研究話題的延展性，最後表明作者對本書的論述瑕疵的評價。

　　③（a）作者在導論和結尾的章節都談到上海都市的社會結構，其中也涉及在滬的外國人。(b) 毫無疑問，這些人在近代中國，尤其是近代上海都市的歷史中所扮演的角色是至關重要的。作者也承認這點，(c) 比如在導論中，她提到「蘇北人……」（頁 11）；「殖民主義……」（頁 12），等等。(d) 然而，除了在第三章關於棚戶區的爭奪中，我們偶爾能看到租借政府和某些精英人士的活動外，(e) 作者的研究基本上忽視了外國人在上海都市整個社會結構中的具體角色和發揮的作用，他們的介入或不介入（但存在）對上海都市的族羣結構有何意義，以及其他相關的問題。筆者以為這是本書最大的缺漏。[44]

　　分析：這個例子主體是在評，但是為了評，也還需要 (a)、(c)、(d) 的敍，(b) 的析，最後才能引出作者 (e) 的評。

43　錢霖亮：〈偏見的政治 —— 讀《蘇北人在上海》〉，頁 138。
44　錢霖亮：〈偏見的政治 —— 讀《蘇北人在上海》〉，頁 139。

　　由以上例子可見，敘、析、評構成了書評的三種重要表現手法，而三者通常要兩兩或三三結合才能建構起書評的體系。如果一篇書評通篇都是對原著內容的介紹、引述，沒有對此的分析與評價，那麼這篇書評充其量只是書籍推介甚至篇章摘抄，稱不上書評。

（二）材料引述

　　書評寫作離不開參考資料。我們在評介一部作品的時候，需要了解作者與作品的時代背景，對書籍所談論的話題有一定的知識儲備，例如評論《怪誕行為學》這本書，我們要具備一定的心理學知識，評論金庸的《天龍八部》要了解俠義與江湖的概念，這些知識儲備都需要我們通過資料搜索來達成。本章第二節已介紹了資料收集的方法，在此從略。

第十章
書信申請

一、升學申請

（一）前言

　　每年畢業季都有許多學子熱切希望得到進一步深造的機會，而世界上有許多國家的學位錄取都採用申請制，香港也不例外，因此，如何寫好升學申請，對於香港學生而言，至關重要。

　　升學申請指的是學生向自己心儀的學校提供自身相關信息，以求學校錄取的過程，其中包括：

　　早期：申請者應根據自身的興趣及能力，選擇適合自己的學校和專業。

　　中期：準備好升學申請的相關材料，其中包括：

　　自我陳述（personal statement）

　　申請表格（application form）

　　證書（certificates）

　　成績單（transcript）

　　其他證明文件（other supporting documents）

　　推薦信（reference letter）

後期：寄出相關資料，等待學校回應。

（二）自我陳述

1.「自我陳述」概述

由於申請制強調以綜合全面的角度來考慮學生的錄取，在錄取的過程中錄取方十分重視學生的綜合能力，所以如何展示自身優秀的能力，正是自我陳述的關鍵部分。

那甚麼是自我陳述呢？自我陳述是人們申請工作或各類學位時提供的一份檔案，內容需包括個人的學術背景、相關成就、個人目標與特質等。目的是為了向審查委員呈現那些無法通過學業成績得知的個人特質，讓委員們更加瞭解你個人思考的模式、組織能力以及語文能力，審查委員們便可藉此判斷錄取與否。

既然自我陳述那麼重要，那怎樣的自我陳述才能打動審查委員呢？其實只要做到以下四點：

充分展示個人的才賦。

邏輯分明、有條不紊。

層次嚴謹、簡潔清晰。

語句流暢、語法正確。

這樣就能寫出一篇優質的自我陳述了。

自我陳述屬於漫談類文體，即可以不拘形式地敘述或發表自己的意見。因此，在進行自我陳述的寫作時，從最為常見的記敘文，到更具創意的文體，我們都可以採用。

由於我們需要在自我陳述中展示自己獨特的背景資料，以及與眾不同的才能去加深審查委員會對自己的印象，所以在寫作時，我們應將寫作重點放在自己過去的生活經歷和學習經驗上，例如：家庭背

景、教育背景、學習經歷、曾經參與過的活動，曾經獲得的獎項和個人特質等等。可以寫喜歡觀察螞蟻爬行、擅長做楊枝甘露、喜歡夜觀星象等等，最好從自身的角度解釋這些特質對將來的學業有何幫助。

既然有那麼多東西可以寫，那是不是可以將所有的資料一股腦兒地放進自我陳述中，寫成洋洋灑灑的一大篇文章呢？

實際上，每所學校的審查委員會每年都會收到大量的申請，他們並沒有足夠的精力詳細閱讀每一份自我陳述。因此一般建議同學們將自我陳述的長度控制在一到一頁半 A4 紙之間，用簡潔的話語表達豐富的內容。

寫作格式方面，每間大學都會有自己的要求，因此一定要上學校官網查閱清楚，一來可以使自我陳述格式清晰明確，二來可以避免因寫作格式問題而失去面試機會。

2. 自我陳述的內容

①擬申請的課程：審查委員會根據自我陳述內容才能準確地判斷申請者是否適合這一課程。值得申請者注意的是，即使是相同的專業或學系，每所學校所用的名稱也未必一致。因此在寫作之前，申請者需要上學校官網查詢自己擬報讀課程、學系的正確名稱是甚麼，而不是想當然地自己編造一個名稱。

②就讀的目的：可陳述自己與這一課程的淵源及自己對這一課程的熱愛。申請者在說明自己的就讀目的時，應避免與金錢掛鈎，例如：當申請者申請商科方面的課程時，不應該說「因為商科畢業生將來的薪水高，所以我選擇商科課程」。以金錢作為讀書目的的話，會讓人覺得這名申請者很膚淺。

③學術背景與所申請課程的相關性：若申請者自身的學術背景與所申請課程具有密切關係，審查委員會成員會相信，申請者將來入學後能夠較快速地掌握學習內容。若申請者想進行跨學科申請，那在自

我陳述寫作時，需要利用自己的生活經驗、社會經歷等證明自己適合所申請的課程，以打消審查委員會的疑慮。

④工作經驗（如有）與所申請課程的相關性：由於申請制的錄取準則並非單看成績，所以若是有相關的工作經驗，在其他條件相當的情況下，更容易脫穎而出。即使自己的工作經驗與所申請的課程關係不明顯，申請者也可利用工作經驗展示自己優秀的個人特質。

⑤對未來的展望：可簡單說說將來畢業之後是希望繼續求學還是工作，所展望的內容應與所申請的課程具有相關性。如：申請中文方向的同學可以希望自己將來成為編輯或作家；申請統計方向的同學可以希望將來自己成為資料分析師、精算師等等。

⑥陳述自己對課程的渴望，請學校通過相關申請：一定要展示出自己對擬申請課程的強烈興趣，藉此打動審查委員會成員。

3. 撰述前的準備工作

上文提及，有很多資料都可以擺放到自我陳述之中。因此在開始動筆寫作之前，申請者應該通過思考，選擇事例，明確自我陳述的寫作方向。

申請者可以嘗試問自己以下問題：

① 我對所學專業及所申請專業有何看法？

② 我如何加深對這一學科領域的認識？

③ 我為何會選擇這一專業？這個專業為甚麼要錄取我？

④ 是甚麼因素使我相信自己擅長本學科學習？

⑤ 我有甚麼優、缺點？申請的優、劣勢是甚麼？

⑥ 我對所要申請的學校和專業是否有深入細緻的瞭解？

⑦ 自述中有否按照學校和專業的要求及特點，突出自己的優勢？

⑧ 我具備甚麼特殊才能，如分析能力、領導才能和溝通技巧？

⑨ 在我的考試成績方面有沒有需要解釋的地方？

⑩ 我曾經參加過的最重要的課外活動與社區活動是甚麼？

⑪ 在我的家庭生活和社會生活中有哪些人或事件影響了我的人生觀和學業追求？

⑫ 我最有成就感的事是甚麼？

⑬ 最大的挫折是甚麼？我從中有何收穫、感想？

⑭ 我的職業目標是甚麼？

根據這些思考，申請者可以明確自己想要展示給評審委員會的獨特之處，從而使自我陳述更具個性和感染力。

4. 優秀作品的特色

通過思考定位之後，申請者便可以動筆寫作了。在寫作的過程當中，申請者應該做到：

①追求深度，突出重點。由於篇幅的限制，申請者可以將寫作重點放在一到兩個主題或經歷上，通過深度挖掘這些經歷，展示自身優勢。

②找好切入點，展示個性。在寫作時，申請者最好能展示一些別人沒有的的閃光點，例如：曾經獲得全港中學生作文比賽冠軍，足跡踏遍五大洲，能夠烤出美味可口的蛋黃派等等。這些與眾不同的經歷更能夠吸引審查委員會的目光，增加勝算。

③展示自身優勢。自我陳述實際上相當於一份推銷自己的廣告，自身優勢的展示尤為重要。

④進行自我評價，並用具體資料證明。《禮記·中庸》裏寫道：「雖善無徵，無徵不信，不信民弗從。」自我陳述也一樣，沒有足夠

的事例證明，就沒辦法說服審查委員會。例如，申請者在說明自己成績優秀時，要用具體的成績資料來證明。

⑤描寫性格的積極面。如：活潑開朗、獨立自強、平易近人等。

⑥內容實事求是，勿過度誇張。所謂過猶不及，過於誇張會降低自我陳述的說服力。

⑦最好就每所學校的特點作個別評論。即使是相同的學科，每所學校也會有自己的側重點，對申請者的能力需求也可能有所不同。所以在寫作之前，申請者一定要瞭解所申請院校的要求和特點，從而有的放矢，寫出一篇更符合學校需求的自我陳述。

⑧注意語法、標點、措辭及文章的連貫性。自我陳述除了可以展示申請者的個性外，還可以展示申請者的語文能力，如果自我陳述中出現了語法或用詞之類的錯誤，不僅影響閱讀，還會影響審查委員會對申請者的第一印象，從而影響申請結果。

⑨按照學校要求選擇字體及行距，若學校無相關要求，請選擇容易辨認的字體及通用行距。

5. 寫作的禁忌

①不要簡單重複履歷表的內容。

②不要自怨自艾，抱怨自己的遭遇。

③學習動機不要只談錢。

④版面設計風格不要太怪異。

⑤不要寫錯校名、系名、專業名甚至自己的名字。

6.「自我陳述」的篇章結構

在寫作時，申請者可以參考以下篇章結構：

①入題：申請者可以簡單地做一下自我介紹，表明對所申請學科的強烈興趣。

②主體部分：申請者應着重描寫自身優勢，例如專業背景、個人

特長、是否參加過課外活動，他人對自己的正面評價，及未來的職業
追求等等。

　　③結尾：總結上文，概述自己的能力，說明自己適合就讀該專
業，再次強調自己的誠意，請求學校給予面試機會。

（三）小結

　　在有些學校，自我陳述甚至已經代替了面試，成為評價申請者的
重要依據。因此申請者在寫作時一定要多構思，多校對。不要試圖把
自己的方方面面的優點和成績展示出來，自我陳述不是履歷表的詳細
補充，許多信息可以通過其他文件展示。只有簡潔明了、重點突出的
自我陳述才能打動審查委員會。

範文 1：

申請人：XXX

申請課程：XXXXXX

申請編號：XXXXXX

自我陳述

很多人認為對中國人而言，中文能力是與生俱來的，不學也罷，倒不如將時間花在其他學科上邊。但對我來説，在中學時期，由於有機會接觸到多類型的中文學科，如中國語文、中國文化和文學等，我發現，原來中文的世界遠比我的認知要來得寬廣得多。從此，我便對中文產生了濃厚的興趣。香港中文大學的中文課程，包含了古代、現代文學和音韻學等學科內容，這讓我可以接觸不同方面的中文。

貴校的中文課程中包含各時期的文學賞析和普通話等內容，可以讓我全面掌握不同的文學知識和地位與日俱增的普通話。通過廣泛接觸各類型的文學範本，我可以建立一定的批判和分析能力。另外，我在中學時期，曾參與過母校的學生文集《萌初》的創作，對出版相關的工作產生了濃厚的興趣。我希望通過文學作品賞析和中文應用等課程，加強創作能力。

在中學期間，我曾與同學組隊參加各種與中文相關

的比賽，包括：「《星島日報》學生版新聞報導比賽」中學組的比賽。這項比賽讓我有機會瞭解報社日常運作，體驗真實的記者工作，明白了新聞創作的艱辛。這項比賽令我可以實踐課堂上學習到知識，可謂學以致用。另外，我也參加了粵語正音推廣協會舉辦、香港電台協辦的「粵語正音大賽」。當中，我不但學習到很多粵語正讀語音，更充分學習了有關粵語的知識。這些比賽使我獲得了很多寶貴的經驗，而在比賽中收穫的肯定和鼓勵，更幫助我建立了極大的自信心。

在香港專上學院，我選讀了中國文化、中國語文和中國文學概論等課程，進一步深化了中文學科知識。從中獲得的優異成績，更反映了我的努力付出及老師對我的肯定。

今年，我加入了 HKCC 學生會，負責福利行政工作，為學生會向不同公司爭取活動贊助。這項工作讓我加強了語言和溝通能力。而與其他莊員一起合作舉辦全校性活動，更進一步培養了我的合作和領導才能。

除了為全校同學舉辦活動外，我也是世界自然基金會和國際培幼會的註冊義工。曾服務的工作有賣旗，義賣等，這些活動使我有機會貢獻自己、服務社會，了解他人生活的不易，珍惜眼前幸福時光。

最後，我希望在貴校提供的課程中得到寶貴的知

識，為日後就業裝備自己。並在貴校享受愉快的大學
生活。

XXX

X 年 X 月 X 日

範文 2：

申請人：XXX

申請課程：XXXXXX

申請編號：XXXXXX

自我陳述

大多數人都嚮往天空，渴望在天空中自由飛翔。我也不例外。幸有懷特兄弟，實現了人們的夢想。

在小學，我就參加了多次飛機模型的比賽。在製作模型和對模型進行整修的過程中，我體會到了極大的快樂。正是這少年時代的興趣，鼓勵着我報讀香港理工大學的航空機械工程學。

在修讀副學士期間，我接觸到了真實的飛行器並且學習了不少航空理論。從最基礎的飛行器機械學，到簡單的飛機設計。學得越多，我就越喜歡航空機械工程。強烈的求知欲望和不斷增加的好奇心促使我渴望進入到貴校的航空機械工程學系中繼續學習。

為了能得到進一步深造的機會，我做了非常充分的準備。首先，我在航空機械工程學方面有非常扎實的基礎，我與航空機械工程有關的科目均取得了優異的成績，其中統計學的學分積點更是高達 4.3/4.3。在副學士學習期間，我曾加入了「電腦信息處理俱樂部」學習電

腦程式設計。在那裏，我學會了處理一些視覺 C++ 語言，AUTO CAD 以及其他的軟體。另外，在 2015 年，我參加了「全港大學生航太模型設計大賽」並取得二等獎的優異成績。以上種種使我相信，如果我有幸能進入貴校深造，將來定能在航空機械工程方面一展拳腳。

在航空機械工程學的領域，我最感興趣的是飛行機械學和控制系統，我非常渴望能夠成為這一領域的管理人員。雖然我明白我現在的知識儲備並不能應付這方面的工作，但我相信我對該學科的熱情，以及貴校對我的指導，必定可以帶領我完成嚴格的學習，並在兩年之後進入到靈活的控制系統工程裏面。

從貴校畢業之後，我希望能在大專院校裏做研究員，學習或研究諸如高級飛機、空間課程和人造衛星等的發展，以實現我的夢想。我更希望可以與學生分享我的知識，用我的經驗指導新一代的航空機械工程師。

XXX

X 年 X 月 X 日

二、求職信

（一）引言

　　求職信是一種表達求職意向及概述自身能力的書信。主要目的是引起招聘方的興趣，從而獲得面試的機會。

　　求職信可以分為應徵信和自薦信兩種。應徵信指的是招聘方發放招聘廣告後，求職者根據廣告內容和要求所寫的求職信。而自薦信則是招聘方並沒有發放招聘廣告，但是求職者對這家公司十分感興趣，根據自己所理解的公司需要所寫的求職信。

　　求職時，求職者需要準備以下資料：

1. 求職信。

2. 履歷表。

3. 附件，即相關證明文件。

　　求職信的性質和升學申請是一樣的，實際上都是自我推銷的過程，因此在寫作要求上求職信和升學申請有着異曲同工之處。

　　寫求職信時，應先自己閱讀公司的招聘廣告（如有），查閱公司的相關資料，根據公司的需求進行寫作。由於公司的人力資源部工作繁忙，面對那麼多的求職信時，他們不可能特別詳細地閱讀每一封求職信，因此寫作時求職者應突出自身的優勢和能力，語言要簡潔精練，將求職信篇幅控制在一頁紙之內。

（二）寫作步驟

　　大體了解求職信的性質後，我們便可以開始探索求職信的寫作步驟了。

　　兵法有云：「知己知彼，百戰不殆。」這句話同樣適用於求職信

寫作。求職者應仔細地閱讀招聘廣告的職位要求,並開始着手搜集與職位有關的資料。

閱讀招聘廣告時,求職者應留意以下事項:

1. 職級:求職者是否接受或勝任這一職位級別,能否接受相關的工作待遇。

2. 工作性質:求職者需想像與評估工作性質,考慮自己能否勝任相關工作。

3. 申請條件:求職者應考慮自己是否達到相關要求,如果未能達到,是否有其他的替代條件可以彌補。

4. 申請方法:求職者一定要按照招聘廣告上的申請方法進行職位申請,否則相關申請極有可能不獲接納。

5. 截止日期:求職者應考慮是否來得及準備相關文件,並在截止日期之前寄出相關資料及求職信。

小思考:下列招聘廣告中,有哪些是求職者需要留意的呢?

香港基督教女青年會 —— 活動助理
青年及社區服務 (Ref No: ITLC0803W)
職務:

統籌、策劃及推行課餘託管、兒童及家庭支援服務
督導及管理課餘託管導師、協助單位其他相關活動

入職條件:

• 預科或以上程度,具社會工作文憑或以上學歷更佳
• 具統籌、管理課餘託管、人事管理以及直接服務經驗
• 懂財務管理、熟悉電腦操作(MS Word、Excel)

地區:

• 黃大仙區

求職者需要留意職位、職務及入職條件等相關信息，並考慮自己能否勝任相關工作。此外，亦可考慮是否願意去相關地區工作。

閱讀完招聘廣告，思考了相關問題後，求職者可以開始動筆寫作了。由於公司都希望自己的員工能為公司帶來貢獻，因此在求職信中，求職者應重點突出己身優勢，並說明這些優勢能為公司帶來甚麼好處。

求職者可以針對機構需要，選擇相關經驗陳述，並說明這些經驗如何有助於你將來的工作。

若求職者尚無任何工作經驗，信件內容可以側重於其他能力，安排次序可以是：畢業學校、主修專業及課程、語文能力、電腦技能、曾參與的校內活動或實習計劃、興趣愛好、性格等。如工作經驗豐富，則可按下列次序撰寫：工作年資、擔任職位、主要負責工作、工作技能、人際關係等。

招聘季時，公司每天都可能收到大量的求職信，而大部分的求職者都具備相同特質。如招聘排球隊教練，求職者一般都是排球好手，且有領隊經驗。如何從應聘者中脫穎而出，對求職者尤為重要。為了增強僱主對自己的印象，求職者應在求職信中點出自己的個人特質。

最後，求職者應在求職信中表達自己對該行業，尤其是對該公司的了解，以及自己的職業規劃和理想。這會讓僱主感受到你的誠意，相信你會認真工作。

說完求職信的寫作步驟後，接下來談談求職信的格式。因為求職信屬於書信範疇，所以格式應符合書信要求。以前稱式為例：

格式方面主要包括：稱謂、標題、正文、署名、附件、日期。

稱謂方面：儘量詳細註明應徵機構的名稱、收件人的姓名及職銜。為表禮貌，稱謂後可加提稱語，如「黃河物流公司人事部經理方家權先生台鑒：」。

　　值得注意的是，由於應徵公司人力資源部人員眾多，求職者應儘量找出正確的負責人姓氏，而不是單純把信發到該公司的「人力資源部」，以免信件延誤。

　上款　【稱謂＋提稱語】：

【標題】

　　　　【開頭：緣起】--　開首

　　　　【正文：條件說明】------------------------------------　主體

　正文　------------------

　　　　【結尾：結束語】--　結尾

　　　　【祝】
　　　　【頌語】

　　　　　　　　　　　　　　　　　　　　　　　【應徵者】　　　下款
　　　　　　　　　　　　　　　　　　　　　　　【屬名】
　　　　　　　　　　　　　　　　　　　　　　　【姓名】（啟告語）
　　　　附　　件：
　　　　日期（xxxx 年 xx 月 xx 日）

　　此外，還應注意收信人的性別，以免「擺烏龍」。若無法得知收件人實際姓名，可以「執事先生／小姐」稱之。例如：「XX公司人事部執事先生台鑒」。

　　求職信的標題有自己的一套格式：職位＋職位編號，例如：應徵香港專上學院兼職輔導員（Ref:08/44/33）。這樣既方便對方分件，又顯得自己十分專業。擬標題時應力求文字簡潔，字體加粗、加大或加底線，使標題地位突出。

　　正文方面，第一段一般介紹寫求職信的原因，如：甚麼時間從哪裏獲得招聘資料；應徵甚麼職位等，並扼要地表明自己符合要求，對該工作感興趣，所以特致函應徵。現舉例如下：

　　從12月5日的《香港日報》敬悉　貴公司徵聘記者，本人深感興趣，自感條件合適，特具函應徵。

　　正文主體應根據徵聘廣告中的入職要求，撰寫能勝任工作的能力。一般須交代以下五項：

1. 學歷：應註明畢業年份、學校名稱和主修科目，如：我今年將於香港專上學院修畢英語傳意副文學士課程。可列出與工作相關的科目成績。如：我於2010年完成了中學會考考試，其中XX及XX科均考獲A級成績。也可列出相關的專門訓練：我於XX年獲得了XX高級文憑證書。

2. 課外和實習活動：如果求職者是剛畢業的社會新人，沒有豐富的工作經驗，這時可以利用校內、外的課外活動（如義工、交流團、文化考察、學會……）來證明自身的能力。

3. 工作經驗：介紹工作性質及職責，並作適當的引申（從中的收穫）。若沒有全職的工作經驗，也可以介紹自己曾有過的暑期工、兼職、義工等工作經驗。

小思考：你覺得下列哪一段文字更能吸引你？

「去年暑假，我曾在維達公司擔任見習生。這份工作的經驗拓寬了我的視野，提升了我與別人溝通的能力。」

「2012 年暑假，我曾在維達公司擔任見習生。期間，我主要負責應對客戶的投訴，每日處理 10 件左右的投訴。這份工作讓我懂得站在客戶的立場來思考問題，理解客戶需求；如何在維護公司聲譽和利益的前提下解決客戶提出的要求和投訴；同時，這份工作也很好地培養了我的耐心以及溝通能力。」

顯而易見，第二段文字除了簡單地介紹工作性質與職責外，又展示了申請者從見習工作中收穫了哪些經驗，更能抓住招聘者的眼球。

4. 語文能力和電腦技能：在香港，兩文三語很重要，所以求職者應在求職信中列明自己中英普的語言水平，最好能列舉公開試成績證明（例如會考成績、TOEFL 等）。另外，求職者亦需註明自己的電腦技能，如能夠使用 Microsoft Word, Excel, Frontpage, Photoshop, CorelDRAW 等軟件，若這些軟件與工作相關更佳。

5. 其他個人特質：求職者可列明曾獲獎項及與職位相關的興趣愛好等，此外，可通過工作經驗或曾經參加過的活動來證明自己具有正面積極的特質，如：樂觀，富有責任感等，以增強僱主對自己的印象。

在寫作時，求職者可參考以下寫作策略：

重點體現	迴避或委婉提及
- 最高學歷，如與申請工作有關更佳	- 失業／待業
- 相關技能	- 被辭退
- 相關工作經驗	- 休學
- 樂觀開朗	- 未完成學位
	- 悲觀，不喜歡動物
→勝任工作	→負面信息

　　求職信的結尾，求職者應再次表示對職位的強烈興趣，請求面試機會；並提供聯絡方法，寫出隨函附件名稱。常見套語如下：

　　素仰　貴公司信譽卓著，期盼能於　貴公司工作，作出貢獻。

　　盼能有機會獲　貴公司約見。倘承約見，不勝感激。

附履歷表套語如下：

　　隨函附上本人履歷表及學歷證明文件副本，以資參考。

　　隨函附呈履歷表及學歷證明副本，敬希察閱。

祝頌語格式請參考【書信格式】章節。

　　署名及日期：求職者必須親筆簽字，賦予信件正式地位；若求職者提供的是中文求職信，署名以中文簽名為佳。日期放在書信末端的左下角處。

　　履歷表附件可包括：履歷表、證書副本、推薦信、教學理想，工作理想等。除履歷表外，其他都不是必要的。如有附件，必須在求職信左下角（日期之上）標明。

（三）小結

最後，求職信的寫作要領總結如下。

文字方面：段落分明，文字精簡，忌冗長，沒有錯別字和病句。資料先後次序要分明。挑選某些重要資料、長處書寫即可，內容不應只重複履歷表。態度要尊敬徵聘方，不卑不亢。信息要準確無誤，真實可信。要表現自己對機構服務性質、工作職責的了解；切記「度身定造」的重要性，注意揚長避短。

格式方面：結構得宜；字型大方得體；紙張材質和大小統一；一頁為限；最好採用打印版本，顯得版面整齊。

最後，在提交之前，應當對求職信進行校對。

求職信範文 1：應徵社區幹事

| 啟首語 | 屯門區明愛中心總幹事
張炳雄先生台鑒： | |

應徵社區幹事（Ref.345） ← 標題

　　頃閱本年三月十八日《明報》敬悉　貴中心有意聘請社區幹事，本人深感興趣，自問條件尚可勝任，特此呈函應徵。 ← 交代來源
表明來意

　　本人畢業於香港嶺南大學，主修應用青少年學，獲頒副學士學位，曾參加急救總會舉辦的急救課程，考獲證書。在學期間，多次籌辦不同類型的課外活動，如嶺南北大交流團、學界普通話朗誦比賽等，更曾任副學士課程學生代表，對籌劃活動富有經驗。 ← 學歷及
課外活動

正文 →

　　去年暑假，本人獲安排在屯門青少年中心實習，負責統籌多個興趣班及暑假活動，如探訪老人院、成立屯門區青少年義工隊等，透過這些活動，本人學會如何與人溝通，分享經驗。此外，本人在校曾修讀語文及電腦科目，中英文嫻熟，懂得操作多種電腦軟件。 ← 工作經驗、
專業資格
及技能

　　本人素有志投身社會服務行業，以此為終生職業，幫助社會上有需要之人士，故盼　貴中心能賜與面試機會，讓本人一展抱負，回饋社會。 ← 重申對職
位的興趣，
顯出誠意

　　茲隨函附上本人之中英履歷表各一份，敬候台覽，專此函達，祈請示覆。

　　　敬祝 ← 祝頌語
台安

　　　　　　　　　　　應徵者 ← 結束語
下款　　　　　　　　　周祖偉

　　　　　　　　　　　　周祖偉　敬上

附件：中英履歷表各一份
二零一一年三月十九日

求職信範文 2：應徵初級電腦程式員

誠徵初級電腦程式員 (Ref.132)

負責資料管理、具良好溝通技巧、能獨立工作，有相關經驗者優先。有意者函長沙灣 8 號 1 樓盈訊電腦公司。

盈訊電腦公司經理先生大鑒：

應徵初級電腦程式員（Ref.132）

　　本人從二月十八日之《求職廣場》敬悉　貴公司徵聘初級電腦程式員，本人深感興趣，亦自信能勝任該職，特此來函應徵。

　　本人現於理大香港專上學院修讀資訊科技副學士課程，將於二零一四年五月畢業。過去兩年，本人汲取了有關資訊科技的多方面知識。在眾多的學習範疇中，本人對發展及應用資料管理系統最感興趣，亦曾修讀有關電腦程式設計及開發的課程，擅於運用 Developer 2000、Oracle、SQL 及電腦程式語言 C++，相信能在貴公司電腦程式員的崗位上發揮所長。

　　在學期間，本人積極參與各類課外活動，以豐富自己的知識及擴闊眼界。本人曾擔任電腦學會主席一職，任內曾以極有限資源，成功舉辦多項活動，例如「校際電腦程式設計比賽」、「APPS 智多紛」等，從中本人得到發揮組織能力及領導才能的機會，人際溝通技巧亦更臻成熟。

　　工作經驗方面，本人曾於勞工處擔任程式設計員一職，負責替該處的職業資料中心設計一個圖書館索引系統，期間需要經常與客人溝通，獨立解決困難，並於限期前完成整個系統。本人希望能在電腦行業全身心投入發展，倘有機會加入　貴公司服務，必會盡心工作，為　貴公司作出貢獻。

　　隨函附上詳細履歷表一份，懇請閱覽，並希賜予面試機會。耑此奉達，盼早賜回音。

　　順頌
時祺

　　　　　　　　　　　　　　　　　應徵者
　　　　　　　　　　　　　　　　　李宏立
　　　　　　　　　　　　　　　　　李宏立　　謹上

附件：履歷表一份
二零一四年二月十八日

三、履歷表

（一）簡介

進行升學申請時，除了提交自我陳述以外，申請者還需要準備一份履歷表。履歷表又稱簡歷，是一份個人資料，以表格的方式詳列申請者的個人身份、學歷、工作經驗、專業資格、特殊技能、興趣、諮詢人等資料，證明申請者適合所申請的課程或擔當所申請的工作。因為同樣是自我推銷的一部分，所以履歷表和自我陳述一樣，內容越豐富越好，但要表現出真誠，避免誇誇其談，過分宣傳。

（二）履歷表的要求

履歷表一般需要參照下列要求來進行設計和寫作：

1. 換位思考：採用「您態度」(Your Attitude) 的寫作方式，假設自己是僱主，把僱主感興趣的資料寫進履歷。

2. 揚長避短：儘量突出自己的長處，如申請人的學歷高，但工作經驗淺，就應該把重點放在教育背景上。

3. 詳近略遠：如果學歷及工作經驗比較豐富，最近獲得的學歷及經驗應該多寫，早期的可略寫。

4. 資料要準確無誤：雖說寫作時可揚長避短，但不能有弄虛作假的成分，資料必須準確真實。

5. 寫出特性：要在眾多求職者中突圍而出，履歷表必須有個性，避免公式化。

6. 一目了然：要有副標題概括各項內容，字體顏色要醒目又不失莊重。

7. 細節支持：凡有助於獲取面試機會的經歷可以放大書寫，寫出

細節，在設計上可考慮如何吸引僱主的眼球。

8. 版面設計務求方便讀者：履歷表的設計原則是要方便閱覽者查閱資料，採用何種風格要視乎工作性質而定。一般要求版面清晰明瞭不花哨。

（三）履歷表的內容

履歷表一般要包括以下內容：

1. 個人資料：中英文姓名、出生日期、住址、電話、電郵等。

2. 教育背景：年份、考獲學位、曾就讀學校名稱等。

3. 課外活動：如果興趣廣泛，可以證明自己不是書呆子，若興趣集中，可以介紹一些較為突出的成績、心得。

4. 專業資格：如拯溺、急救、樂器、童軍等資格。履歷表中需要注明相關資格的獲取年份、資格名稱、頒發機構等。

5. 工作經驗：服務時間、職位、公司名稱、工作性質等。

6. 曾獲獎項：獲取年份、獎項名稱、頒發機構等。

7. 技能：如電腦、語言、樂器等方面的技能，若與申請課程／工作相關更佳。

8. 諮詢人：一般需要兩名諮詢人（必須事先徵求同意），履歷表中需要列明諮詢人稱謂、職位、服務機構名稱、地址、電話、電郵，方便對方與諮詢人核對相關信息。

為了使履歷表顯得條理清晰，申請者便需要注意履歷表的排序方式。常見的排序方法有以下四種：

自遠至近排列，即順序排列。

自近至遠排列，即倒序排列。

自最重要到次要排列。

以經歷和申請工作的關係度排列，關係密切的先寫。

（四）小結

　　求職與求學都是一個自我推銷的過程，履歷表的作用是希望得到對方的青睞，從而獲得一個寶貴的面試機會，故如何突出自己的個人經歷與申請學位或工作的關係是履歷表成敗的關鍵，因此，抓準對方的心理，資料篩選及搜集的工夫相當重要。所以申請者在準備升學申請或求職信時一定要多下功夫準備好相關材料。

履歷表範文：

申請人：陳美美
申請課程：中文及雙語 (榮譽)
　　　　　文學士學位課程
申請編號：72418

履歷表

個人資料

姓　　名：陳美美（CHEN MEI MEI）

性　　別：女

出生日期：19xx 年 x 月 x 日

地址：香港 xx 區 xx 道 xx 軒 xxxx 室

聯絡電話：xxxx-xxxx

電子郵箱：xxxxxxxx@hotmail.com

教育背景

2008-2010 香港理工大學香港專上學院（兩年全日制語言與文化副學士）

2001-2008 瑪律泰中學（中一至中六）

成績摘要

2008-2010 香港理工大學香港專上學院：

中國語文	（A）	中級普通話	（A）
英文	（B+）	香港歷史	（B+）
東南亞歷史與經濟	（B+）	中國家庭與文化	（A）

（預計）畢業成績平均績分點 (GPA)：3.28

2006 香港中學文憑考試：

中國語文	(3)	英國語文	(3)
通識教育	(4)	中國文學	(4)
中國歷史	(3)	數學 (必修部分)	(2)

課外活動

時間	活動 / 職銜	機構名稱	活動性質
2008-2010	人文學會會員	香港理工大學 香港專上學院	• 參加各種有關人文專題講座，如「中西方哲學」、「中華經典閱讀」等 • 參加占卜星相的活動
2009 夏	雲南遊學團	香港理工大學 香港專上學院	• 文化交流 • 體驗少數民族生活 • 普通話交流
2008-2009	音樂學會會員	香港理工大學 香港專上學院	• 參加不同的音樂節目或晚會
2006-2008	中文學會副主席	瑪律泰中學	• 舉辦及主持各種各樣的中文課外活動，例如寫作訓練班、中文問答比賽等 • 定期舉辦及設計中文攤位遊戲，提高學生的學習興趣 • 聯絡學生出席有關活動

（續上表）

			• 籌備及主持不同的課外活動，例如破冰立約活動、遠足活動、燒烤活動等
2006-2008	輔導長	瑪律泰中學	• 設計活動章程 • 協助不同的活動宣傳 • 擔任「朋輩輔導員」的工作，進行功課輔導、儘量協助學生解決各種學習或心理方面的問題
2004-2005	公民教育大使	瑪律泰中學	• 協助老師進行禁毒教育活動 • 負責聯絡與宣傳的工作
2004-2005	學校圖書管理員	瑪律泰中學	• 負責借書、還書、整理書籍等工作 • 輸入新書目和條碼等
2003-2004	《明報》校園記者	《明報》	• 參加《明報》舉辦的各種活動，包括寫作工作坊、編輯速成班等 • 採訪活動及提交新聞稿件 • 由於整體表現良好，故被《明報》邀請體驗為期一星期的記者實習生活，包括新聞採訪、撰寫新聞稿件等
2002-2003	廣播學會副主席	瑪律泰中學	• 統籌及主持校園電視節目 • 協助不同的學會宣傳活動

工作經驗

時間	職位	公司名稱	工作性質
2008 年 3 月 至今	教學助理	Media Power	• 準備上課資料和輔助器材 • 在課堂上協助外籍老師上課 • 維持課堂秩序 • 為有需要的學生作出英中翻譯 • 聯絡學生和家長
2008 年 6 月 - 2010 年 1 月	學生助理	香港理工大學 香港專上學院	• 協助籌辦講座活動，例如建築與藝術講座、中醫保健講座、關懷東南亞裔移民活動等 • 接待觀眾及嘉賓 • 協助講者順利進行有關講座
2007 年 7 月 - 2007 年 8 月	青年大使	東涌鄰舍 輔導會	• 協助社工舉辦及帶領暑期活動和遊戲，包括不同的遠足活動、教育營等 • 設計活動攤位，海報與宣傳小冊子 • 負責文書工作 • 負責接待與聯絡的工作
2006 年 10 月 - 2007 年 6 月	小學功課導師	東涌鄰舍 輔導會	• 功課輔導 • 協助學生進行課本複習及默書
2006 年 5 月 - 2006 年 8 月	店務員	美心飲食集團	• 接待顧客 • 聆聽顧客的建議及向經理反映顧客的意見 • 解決顧客的需求和疑問 • 向顧客推廣月餅和新式套餐
2004 年 7 月 - 2004 年 8 月	推廣人員	雋星印刷 有限公司	• 派發產品宣傳單張 • 推銷印刷品套餐

曾獲獎項

校內方面：

獲取年份	獎項名稱	所獲獎金／獎項	頒發機構
2008	文學科第一名	證書	瑪律泰中學
2006	家長教師會書刊封面設計	亞軍	瑪律泰中學
2005	故事創作比賽	亞軍	瑪律泰中學
2005	中國語文科第一名	馬長生校長獎學金	瑪律泰中學

校外方面：

獲取年份	獎項名稱	所獲獎金／獎項	頒發機構
2007	學校體適能獎勵計劃	金獎	香港兒童健康基金及教育統籌局
2007	義務工作嘉許	金獎	義工運動
2006	「愉快學習之旅」真人真事寫作比賽（個人組）	亞軍	香港基督教服務處
2006	「城市小故事，人生大道理」寫作比賽（團隊組）	優異獎	教統局與星島日報合辦
2005	學校體適能獎勵計劃	銅獎	香港兒童健康基金及教育統籌局

技能

電腦：熟悉一般的電腦操作，包括中英文書處理、網頁製作、Photoshop 等。

語言：流利的廣東話、普通話和英文

興趣及喜好

旅遊、遠足、觀看美術展覽、閱讀、製作投影片、設計網頁

諮詢人

香港理工大學中文及雙語學系教授
朱博士

1. 地址：香港理工大學 A 座 xxxx 室
   電話：xxxx-xxxx
   電郵：xxxxxxxx@polyu.edu.hk

香港理工大學香港專上學院語文及傳意學部高級講師
張博士

2. 地址：香港 xx 區 xx 道 x 號 xxxx 室
   電話：xxxx-xxxx
   電郵：xxxxxxxx@hkcc-polyu.edu.hk

四、投訴信

（一）投訴信定義

投訴信是當對某機構的工作或其員工有所不滿時，向有關機構、主管、監督人員或各大報章所作出的書面申訴。投訴信的目的在於解決事情，因此不宜有太多個人情緒，宜以理服人。不要惹出事端，故不可以無故編造，以免反過來被對方提告。信函以平實為主，不必有過多的修辭，也不應有誇張之辭。由於是申訴的書信，要針對事件進行簡單的敘述，讓收信者明白事情的原由及申訴的理據。總而言之，投訴信不同於一般在網絡上發表個人不滿的文字，是一種正式的溝通文書，因此，寫作態度要慎重。

投訴信一般可分為三類，一是寄給投訴對象所在的機構，例如在商店受到不好的招待，可以寫給商店的管理層或者總公司的負責人；在政府部門受到不好的對待，可以寫給該部門的主管。二是寄給監察機構，例如在某地方受到不公平對待，可寫信給平等機會委員會申訴；或者買東西被騙了，可以寫信給消費者委員會等。三是寄給傳媒，有時候跟所投訴的機構達不成共識，經過幾次交涉後，得不到對方積極的回應時，可以寫信給較有公信力的傳媒機構申訴，把事情曝光，逼迫對方回應。

以上三類投訴信是有程度深淺之分的，第一類程度最輕，對被投訴者來說也是最好處理的，第二及第三類都是事情發展到比較惡劣的情況，投訴人才用到的方法，因為這兩種投訴信都有第三者牽涉其中，需要第三者居中做調解，而且事情被曝光於公眾，故此對於被投訴者來說，已經沒有辦法用給予優惠的方法安撫投訴人，而且要花費更多的時間去進行調解或聆訊。對投訴人來說，後二者也是比較費時

的，而且結果也比較難預料，也不能直接得到被投訴者給予的優惠。因此，除非第一種投訴信不成功，否則不輕易寫第二類和第三類，尤其是第三類。

（二）投訴信格式

一般投訴信包括以下各項目：

1. 上款

寫在信件的第一行最左邊，不留空格；

當中要有對方機構名稱、職位名稱、姓名及稱謂，之後加上提稱語，如「台鑒」、「道席」等等，現代公文中也常常省去提稱語，但為表示禮貌，建議加上提稱語。

2. 標題

寫在上款後一行，可以和前面的上款及後面的正文各隔一行，並且要放在正中間，如果標題太長，可以分為兩段寫，切記不可以一邊有空格，另一邊寫到最後一格；

置中的概念是：在原稿紙上起碼前後要留有四格；在電腦文書處理則用置中的功能，但前後也要留有一定的空間，不可寫滿整行；

標題字體可以稍大一點，可用粗體並加上底線；

一般可寫為「投訴 XXX」或「有關 XXX 的投訴」；

如果投訴信涉及兩項以上的投訴，則要擬訂一個能歸納多項投訴內容的標題，例如參加旅行團時遇到不好的導遊和不好的行程，寫信投訴這兩項，那標題就不宜只寫「投訴導遊不專業」，也不可以只寫「投訴旅行團行程安排失當」，如果寫「投訴旅行團貨不對辦」就比較適合。

3. 開首段

開首段、主體段和結尾段合稱為「正文」；

開首段交代背景，提出投訴；

不必詳細說述事情，只要提及發生的事情及自己的投訴；

例子

「本人曾到貴公司尖沙咀門市購物，受到店員不禮貌的對待，特此來信向閣下反應意見，望閣下嚴肅處理。」

4. 主體段

交代事件詳情，即時間、地點、人物、起因、經過、結果等，以真實具體的資料支持；

如果事件涉及多項投訴，可分點列出，寫成多段；

如果有不同的建議，也可以分點列出，寫成多段。

5. 結尾段

建議合理的解決方法，讓事情得以解決；

可寫上聯絡方法，方便對方回應。

6. 祝頌語

一般投訴信可以不寫祝頌語，如為表禮貌，也可以寫；

如果是甲機構投訴乙機構，由於二者本來或許早有交往，故此加上祝頌語，也是恰當的；

祝頌語要重起一段，空兩格寫「祝」、「敬祝」等字眼，再下一行頂格寫上「台安」、「鈞安」等字眼。

7. 下款

寫在祝頌語下兩行；

一般分三行：第一行為投訴人身份；第二行為署名；第三行為姓名＋啟告語（謹啟）；

一般寫在信件的右側，以啟告語貼近紙張右側；

例子：

顧客

李不平

李不平　謹啟

紙張右側

8. 日期、附件和副本抄送

置左頂格；

可用中文數字或阿拉伯數字，唯不可混用兩種數字；

如有附件，寫在日期之上；

附件多於一份者，宜標序號，以分別項目；

如要抄送副本，寫在附件之後；

有多於一位收取副本者，也和附件一樣，可以分項列出。

（三）投訴信格式示例

<table>
<tr><td>上款</td><td>【被投訴的公司或機構的名稱】
【負責人職銜】
【負責人姓名和稱謂】（提稱語）：</td><td></td></tr>
</table>

【標題】

正文	【交代背景，提出投訴。】------------------------------------ -- ----------------------	開首
	【交代事件詳情。】----------------------------------- -- -------------- -- -------------- -- ----------------------	主體
	【建議合理的解決方法，並寫上聯絡方法，以便對方回 覆。】---	結尾

　　【祝】
【頌語】

【投訴人身份】
【投訴人簽署】
【投訴人姓名】（啟告語）

下款

附　　件：
副本抄送：
日期（xxxx 年 xx 月 xx 日）

（四）投訴信範文

專業電腦用品公司

客戶服務部執事先生台鑒：

投訴貨不對辦

本人曾到貴公司購物，受店員誤導買錯了產品，事後該店員又不給換貨，故此致函閣下反映意見，望閣下能嚴正處理。

本人於三月三十日到貴公司灣仔電腦城分店，購買一套萬能牌無線鍵盤和滑鼠。店員在介紹產品時，展示了光學式滑鼠，並示範如何把電線接駁到主機，為滑鼠充電。本人覺得產品合適，於是決定購買。後來，店員拿了一盒新的產品出來，本人付了錢、取了貨便離去。

回家後，本人打開紙盒，發現滑鼠並非光學式的，而是滾球式的，並且沒有接駁主機的電線。於是，本人便將滑鼠拿回店裏，要求更換。然而店員卻說，他所示範的光學式滑鼠是最新型號，並不和鍵盤一起出售，連鍵盤的套裝只有滾球式滑鼠。因此，他拒絕了本人換貨的要求。

本人認為該店員有誤導之嫌，懇請貴公司適當處理，讓本人換回光學式滑鼠和接駁主機的電線。本人的電話號碼是91239123，期待貴公司的回覆。

顧客

崔寶常

崔寶常　謹啟

二零零六年三月三十一日

（五）投訴信寫作要求

投訴信是為了要求對方澄清事情，解決問題，希望有關方面改善服務、檢討政策、賠償損失等等而寫的。因此，應該注意以下兩方面：一、內容要準確客觀，二、文辭要平實清楚。

1. 內容方面

①要資料準確、語氣堅定：在寫投訴信的時候，要有明確的立場，在信裏要立場鮮明，讓對方了解你的處境和感受，提出自己的要求；同時清楚交代事情本末，要條理清晰，重點分明；須有具體的資料、事例或數據支持；須取捨和剪裁，講出重點，切忌瑣碎。

②要客觀地陳述事實：雖然有時候是受了委屈要寫信申訴，但在寫信時態度仍須中肯持平、客觀思考、冷靜分析，以免變成情緒的宣洩；宜從大處着眼，切忌從雞蛋裏挑骨頭；信末要提出正面的、積極的解決建議和辦法，也就是合理的解決建議和辦法。

正面積極的建議可以從兩方面看，一是按申訴人的損失來提出方案，切忌獅子開大口，提出太極端的要求；二是按對方的能力來提出方案，如果提出對方沒有能力執行的方案，對於解決紛爭也是沒有益處的。

2. 文辭方面

要樸素自然、簡單清晰：寫作時語調儘量保持溫和平靜；論述時要有理有節，有多少證據說多少的話；文字淺白易懂，不要用生僻罕見的字詞，一般不用文言，如非必要也不用成語；不用強烈感情色彩的文字。

不要誇張修飾、不要尖酸刻薄：投訴信不得誇大事件，故不可以用誇張的修辭方法；一般文詞要典雅，不可以用尖酸的字詞攻訐，不可謾罵對方，要保持風度；然而，在信中一般也不寫客套話和修飾

語，不過如果有需要也可以先捧一下對方，然而指出自己對他們的失望，但這也是點到即止，篇幅不必太長。

（六）投訴信常用語句

投訴信的語言風格一般可以分為較文言和白話兩種，前者一般文辭比較優雅，可能向文化機構或者政府機構申訴時可用，後者則用於一般的投訴。當然，現在一般都用比較平白的文辭來寫投訴信。以下有二者的例子以供參考。

1. 文言常用詞句

故此致函貴公司反映及投訴，希望閣下能設法改善／調查／跟進有關情況。

對該職員的處事手法，本人不敢苟同，並大感困惑，故特修函閣下，望能加以解釋。

本人對上述行為深感不滿，並有理由相信此等安排是蓄意的。故投書閣下，望能加以解釋。

本人希望該部門的負責人就此事作詳細檢討，以杜絕類似事件再次發生。

2. 白話常用詞句

於是寫信向你反映意見，希望你們公司能夠改善／調查／跟進有關情況。

如果只是在乘客投訴後才採取行動，那只是頭痛醫頭，腳痛醫腳的消極方法而已。

如不妥善解決，勢必損害你們公司的形象和聲譽，所以我們建議……

希望你們就以上所述深入調查，儘快回覆，提出解決方案，以保障顧客的權益。

我們認為這種風氣絕不可助長，也是法律所不容許的，你們部門/公司應該杜絕這種不良現象。

（七）課堂分組活動

假設你是荔枝角居民，受附近昂船洲污水處理廠產生的臭味侵襲，感到極度不滿。你曾向環保署及渠務處等部門投訴無效。試致函報館申訴此事，並提出你的要求。

撰文提示：

首先，在引言段表明自己身份，簡述投訴的內容；

其次，在正文段，陳述有關投訴的詳情，例如臭味侵襲的情況、頻率及影響，並提及已經投訴無門，投訴相關部門怠忽職守；

第三，請求報館為自己主持公道，報道事件，給政府部門壓力，希望相關部門可以積極處理這件事；

最後，留下聯絡方法，以供報館聯繫，並感謝報館願意幫助自己申訴此事；

除了內容以外，要注意投訴信，即公函的格式，切勿欠缺上款、標題、下款、日期等基本成分，如有補充資料，可以附件形式加上，然後再在日期之上加上附件的數目和名稱。

五、覆投訴信

（一）覆投訴信的定義

覆投訴信則是由有關機構或相關部門發出，用來答覆或解決投訴

事項的信件。一般回覆投訴信有兩種，一種是在收到信後立即回覆說明知悉事件，將會進行調查，並承諾於某段時間內回覆詳細結果，這種投訴信一般只有簡單的一兩段，並沒有詳細的回應方案；第二種就是前面所說的詳細結果的回覆，一般在收到投訴信的一星期至一個月內回覆（如果是複雜事件，或許可以再長一點，但在調查途中宜發信告知投訴人有關進度）。本教材所講的是第二種的覆投訴書。

　　覆投訴信的目的是為了回覆投訴人的申訴，故此要考慮到投訴人信中所提的問題，一一回應，然後再回覆投訴人的建議，同意與否都要解釋清楚。最後，要積極回應投訴人的要求，一方面可據理解釋，另一方面也要補償投訴人的損失或給予相應的交代，解決問題。

　　現今的網絡和媒體發達，一旦投訴人將不滿訴諸輿論，即會引起很大的關注，所以顧客願意寫投訴信反映意見，應該予以高度重視。對於相關機構或公司來說，回覆投訴信是一個處理糾紛的好機會，且能避免公關災難，故此覆投訴信的態度要溫和，語氣要禮貌，回應要得體，補償要大方。

（二）覆投訴信的格式

　　一般覆投訴信包括以下各項目：

1. 上款

寫在信件的第一行最左邊，不留空格；

　　如果回覆個人投訴的話，只寫對方姓名＋稱謂＋提稱語，如「陳大文先生台鑒」；

　　如果回覆機構或組織的投訴，則要有對方機構名稱、職位名稱、姓名及稱謂，之後加上提稱語，如「台鑒」、「道席」等等，現代公文中也常常省去提稱語，但為表示禮貌，建議加上提稱語。

2. 標題

寫在上款後一行，可以和前面的上款及後面的正文各隔一行，並且要放在正中間，如果標題太長，可以分為兩段寫，切記不可以一邊有空格，另一邊寫到最後一格；

置中的概念是：參看投訴信一節；

標題字體可以稍大一點，可用粗體並加上底線；

一般可寫為「回覆 XXX 的投訴」或「回覆有關 XXX 的投訴」；

標題可依投訴信的標題來擬訂，但回覆投訴信因為涉及公眾形象，標題通常不能出現負面字眼，例如來信說「投訴旅行團貨不對辦」的，建議標題為「回覆有關旅行團的意見」。

3. 開首段

開首段、主體段和結尾段合稱為「正文」；

開首段表示收到來函，得悉事件；

不必詳細述說事情，只要提及已收到來信及知道了相關投訴，特此回函答覆；

例子：

「閣下三月三十一日來信收悉。本人謹代表公司，就閣下的投訴，專函回覆。」

4. 主體段

說明了解／調查事件的程序和結果，作出適當的處理，並有理由支持；

如果事件涉及多項投訴，可分點列出，寫成多段；

如果有不同的解決辦法，也可以分點列出，寫成多段。

5. 結尾段

感謝對方來信反映意見；

希望對方諒解或認同處理方案。

6. 祝頌語

為表禮貌，一般覆投訴信要寫祝頌語；

祝頌語要開一新段，空兩格寫「祝」、「敬祝」等字眼，再下一行頂格寫上「台安」、「鈞安」等字眼。

7. 下款

寫在祝頌語下兩行；

一般分三行：第一行為覆信者身份；第二行為署名第三行為姓名＋啟告語（謹覆）；

覆信者身份一般包括公司名稱，部門名稱，職位名稱三部分內容一般寫在信件的右側，以啟告語貼近紙張右側；

例子：

專業電腦用品公司
客戶服務部主任

李為上

李為上　謹覆

紙張右側

8. 日期、附件和副本抄送

置左頂格；

可用中文數字或阿拉伯數字，唯不可混用兩種數字；

如有附件，要寫在日期之上；

附件多於一份者，宜標序號，以分別項目；

如要抄送副本，寫在附件之後；

有多於一位收取副本者，也和附件一樣，可以分項列出。

（三）覆投訴信格式示例

上款
【投訴人的公司或機構的名稱】
【投訴人職銜】
【投訴人姓名和稱謂】（提稱語）：

【標題】

正文

【先提及收到來函，表示知悉事件。】---------------------------
---　開首

【說明了解/ 調查事件的程序和結果。】---------------------

-------------------------------------　主體

【作出適當的處理，並有理由支持。】-------------------------

【希望對方的諒解或認同。】---------------------------------
---　結尾

　　　　　【祝】
【頌語】

　　　　　　　　　　　　　　　　【被投訴的公司或機構名稱】
　　　　　　　　　　　　　　　　【負責人職銜】
　　　　　　　　　　　　　　　　【負責人簽署】　　　　　　下款
　　　　　　　　　　　　　　　　【負責人姓名】（啟告語）

附　　件：
副本抄送：
日期（xxxx 年 xx 月 xx 日）

（四）覆投訴信範文

崔寶常先生台鑒：

回覆有關更換滑鼠產品的投訴

　　閣下三月三十一日來信收悉。本人謹代表公司，就閣下的投訴，專函回覆。

　　收到來信後，本人便到灣仔電腦城分店了解事件，詢問有關店員當時的情況。該店員解釋，當時的確有向閣下介紹萬能牌最新型號的光學式滑鼠，但由於才第二天上班，所以不知道連鍵盤的套裝只有滾球式滑鼠，並無光學式滑鼠和接駁主機的電線。其後閣下前去更換，礙於本公司的政策，該店員不能作主，所以沒有答應閣下的要求。

　　本次事件純屬誤會，該名職員才上班兩天，還沒有充分了解全部產品，因而弄錯了產品，並非故意誤導顧客，事後又因不敢擅自作主換貨，造成閣下不便，懇請見諒。本公司將無條件讓閣下更換光學式滑鼠和接駁主機的電線。煩請閣下帶同此信及滾球式滑鼠，到本公司任何分店換取光學式滑鼠壹個和接駁主機的電線壹條。另外，隨函謹奉上本公司的優惠券，聊表心意，懇請笑納。

　　本公司一向以客為尊，這次事件純屬誤會，希望閣下諒解，並繼續光顧。

　　敬祝

台安

專業電腦用品公司

李為上

客戶服務部主任

李為上　謹覆

附件：專業電腦用品公司優惠券乙張

二零零六年四月一日

（五）覆投訴信寫作要求

覆投訴信用以平息糾紛、安撫顧客、澄清事件、解決問題，懇請對方諒解或者讓對方明白事情的真相。因此，應註意以下兩點：一、顧及對方感受，考慮對方需要；二、正視問題所在，公平公正處理。這兩點當中還包含六大原則：得體準則、讚譽準則、謙遜準則、同情準則、一致準則和慷慨準則。

1. 顧及對方感受，考慮對方需要

①得體準則

行文語調要溫和，措辭要得體，讓對方感受到尊重；在文中要尊重和重視對方的意見，積極回應投訴人的意見。

②讚譽準則

在信中要多謝對方來信反映意見／投訴，給予對方肯定，讓對方覺得自己的申訴是合理的。即使當中有誤會，也要讚揚對方願意提出意見，讓我方可以有機會解釋清楚。最後要歡迎對方再次來信，廣開言路。

③謙遜原則

回信應表示歉意，請對方包容，如果我方真的有錯，就一定要再三道歉；如果是誤會的話，也要為引起誤會而道歉。

④同情準則

信中表示同情，替對方消消氣。為對方所受損失感到抱歉，表示明白對方所受損失或委屈，讓對方心理上好過一點。

2. 正視問題所在，公平公正處理

①一致準則

回信要提出公正合理的理據，以解釋事情始末，儘量讓對方明白。如果我方有錯，就要認錯道歉，並採取補救措施；如果我方沒

錯，那可以辯解，例如是突然事故、誤會等。在回信中不狡辯：不能說對方所言非事實；也不可以說程序本來如此，我方沒有錯；或許說規矩本來如此，對方不知道規矩等。

②慷慨準則

回覆時要提出積極的處理方案，例如按對方意見檢討政策，提高服務質量等。可提出一些有利對方的辦法，例如給與較為優厚的賠償贈送贈品或禮券等。

（六）覆投訴信正反面示例

1. 積極承擔示例

①本社深感抱歉，日後將加強對領隊的培訓，以避免類似事件再次發生。

②本社將會為該員工提供再培訓課程，以提高其服務水平。

③本社將檢討現有的「領隊訓練政策」，以提高本社的服務質素。

2. 消極處理示例

①該員工乃新職員，初次帶隊外遊，故未能照顧各團友所需，敬希見諒。

②……本社已斥責該領隊，而本社願意為此致歉。

③領隊的工作態度惡劣只屬少數。為此，本社深感抱歉，並已對該員工作出紀律處分。

④對於領隊態度散漫，本社已向他發出警告信，以做效尤。

（七）覆投訴信常用語句

①收到您某月某日的來信，……現答覆如下：

②大函奉悉，得蒙閣下對本館提出寶貴意見，謹此致謝。

③本人謹代表全體職員向閣下致歉。

④這項措施只是為了保護場館設施，並沒有意圖監察參觀者。

⑤因此造成您的不便，敬請原諒。

⑥本行深明今日之成功，實有賴客戶之長期支持，故致力提升客
　戶服務素質，實為本行多年來之工作方針。

⑦感謝貴社多年來選用我們的航班服務，並提供寶貴意見，使我
　們能不斷提升服務素質。

⑧現隨函附奉室內無線電話套裝換領券一張，敬希笑納，並請繼
　續光臨指導。

⑨隨信謹奉上本公司優惠券二張，敬候大駕光臨。

（八）覆投訴信用語辨正

指出例子中不當的用語

敬覆者：

回覆關於信用卡贈品的投訴

本公司早在本月十一日已收到閣下的來信。

對於　閣下持有本公司信用卡超過五年，卻不能獲得多用途電話錄音機作為贈品的投訴，本公司實在不能接受。雖然本公司一向重視顧客的意見，惟推廣計劃簡章已清楚註明上述贈品只為成功申請本公司信用卡的新客戶而設，因此絕不可能破例贈予舊客戶。

惟　閣下惠顧本公司多年，現隨信附上屬下銀河餐廳自助晚餐八折優待券二張，以表謝意。

此覆
李不平先生

包羅百貨有限公司
客戶服務部經理

陳素心

陳素心　謹覆

二零零五年四月十八日

練習答案

敬覆者：

回覆關於信用卡贈品的投訴

感謝來信　感謝　閣下於本月十一日的來函，對於信中提到的贈品問題，本人代表公司謹回覆如下：

對於　閣下持有本公司信用卡超過五年，卻不能獲得多用途電話錄音機贈品的投訴，本公司在此深表歉　表示同情
意。本公司一向重視顧客的意見，惟推廣計劃簡章注明
提出理據　上述贈品只為成功申請信用卡的新客戶而設，因此未能
澄清事實　為　閣下安排換領贈品，敬祈鑒諒。不過，閣下身為本
公司尊貴客戶，只要申請本公司最新的雙幣信用卡，即
可獲得上述贈品。隨函謹附申請簡章。
具體提出
處理問題　為表歉意和感謝　閣下多年來惠顧的盛情，謹奉上
的方法　本公司屬下銀河餐廳自助晚餐八折優待券兩張，敬請
光臨。日後如有其他寶貴意見，歡迎　再函賜教。　歡迎再涵

此覆

李不平先生

包羅銀行有限公司
客戶服務部經理

陳素心

陳素心　謹覆

補上附件　附件：1. 雙幣信用卡申請簡章乙份
2. 銀河餐廳優待券兩張
二零零五年四月十八日

（九）用詞辨正練習

①團友投訴延誤出發一事，確實因交通阻礙而導致。

②該旅行團八時由紅磡火車站乘旅遊車出發，但因旅遊車途中遇上交通意外，旅行社雖已及時派遣另一專車前往肇事現場接載團友，但無奈已延誤甚久。

③對於領隊散漫事宜，本社已制定一系列「領隊訓練政策」，打擊類似問題再次發生。

④由於受交通事故的影響，原定八時開出的港鐵列車臨時停航，旅行團的行程因此有所延誤。

⑤關於房間分配延誤一事，全因賓館電腦臨時發生故障，房間分配改由人手運作所致；此外，旅行團到達賓館已是深夜，人手較少，故未能有效分配房間，需時甚巨，本社對此深感抱歉。

練習答案

1. 團友投訴延誤出發一事，確實因交通阻塞而導致。

2. 該旅行團八時由紅磡火車站乘旅遊車出發，但因旅遊車途中遇上交通意外，旅行社雖已及時安排另一專車前往肇事現場接載團友，但無奈已延誤甚久。

3. 對於領隊散漫事宜，本社已制定一系列「領隊訓練政策」，避免／防止類似問題再次發生。

4. 由於受交通事故的影響，原定八時開出的港鐵列車臨時停駛，旅行團的行程因此有所延誤。

5. 關於房間分配延誤一事，全因賓館電腦臨時發生故障，房間分配改由人手運作所致；此外，旅行團到達賓館已是深夜，人手較少，故未能有效分配房間，需時甚久，本社為此深感抱歉。